JN166832

脳科学捜査官　真田夏希

クライシス・レッド

鳴神響一

角川文庫
21715

目次

第一章　織田との時間　5
第二章　根岸分室　54
第三章　バカトラマン　125
第四章　初めての体験　187
第五章　生きる意味　250

第一章　織田との時間

【1】@二〇一八年一月二十七日（土）朝

夏希《なつき》は遮光カーテンを開けた。レースのフィレ模様の間に、砕け散るガラスにも似た陽差しがはじけている。

窓の向こうには、透明な青空がひろがっていた。

向かいの山のイヌガシやマテバシイの照葉樹の葉が銀色に反射している。

「ん……いいお天気」

夏希はひんやりとした空気を大きく吸い込んだ。

一月最終の土曜日。今日はふだんとは違う週末だった。

昨夜は部屋でもお酒をあまり飲まないようにして、ゆったりと時を過ごした。

いつもより時間を掛けて、お肌やネイルのコンディションも整えた。

今日は織田信和《おだのぶかず》が迎えに来るのだ。

婚活の相手として、友達の紹介で初めて会ったときに、七つ年上の織田にはすごく好感を持った。ちょっと憧《あこが》れたと言ってもいい。人当たりのよい織田は、ファッションや音楽のセンスもよく、とにかくジェントルだった。

医科学修士と神経科学博士の学位が災いしてか、こんなにふつうの女子なのに縁遠いことを夏希は悩んでいた。いまでは神奈川県警の警部補という仕事もマイナス要因になっているのかもしれない。

幸せホルモンと俗称されるオキシトシンの減少を、ここ数年の夏希は実感していた。この神経伝達物質の分泌不足は健康にさまざまな問題をもたらす。ときにイライラしたり、不安感や抑うつ感を抱きやすくなったりするのはオキシトシン不足のせいだと夏希は思っていた。

オキシトシンが、恋人同士のスキンシップや、心地のよい性行為では顕著に分泌されることは科学的に実証されている。人間が一人きりでいられないことは、脳科学的にも明らかなのだ。三十二歳になった夏希は、ともに時間を過ごすたった一人の相手を求めて婚活を続けていた。

去年の夏、神奈川県警の科捜研に勤める心理分析官として殺人事件の捜査本部に初めて参加した。そのときに警察庁の理事官として現れた織田と再会したのだった。織田は東京大学法学部を卒業し、エリート街道をまっしぐらに進んできた警察官僚だったのだ。

織田と何度か捜査本部で顔を合わせるうちに、どこか得体の知れない男という感覚が強くなった。本心をなかなか表さない織田にいらだちも覚えた。

とはいえ、織田に個人的に誘われたとなると、気持ちも変わってくる。織田という男の正体を知りたいという気持ちにもなってくる。なにより……。

——真田《さなだ》さんとゆっくりお話がしたいのです。仕事抜きで。

織田のそんな言葉に胸が弾まない「三十二歳の婚活中の女」がいたら、名乗り出てほしい。しかも織田は独身なのだ。

夏希の胸が弾むことを、誰も責めることはできないだろう。

もっとも前の事件の捜査本部からクルマで送って貰《もら》う途中で誘われたときには、引き込まれるように承諾の意を伝えただけだった。あのときはあまりに予想外の誘いに、夏希の心が戸惑っていたのだろう。

本当なら先週会う予定だったが、織田に急な仕事が入ってしまって、一週間遅れのこの週末となってしまった。

昨夜、科捜研を出るときに、夏希は背中に耳があるのではないかとの錯覚を覚えた。

「真田さん、科長が呼んでます」

そんな声が掛かることを最後まで恐れて、意味はないのに忍び足で出てきた。

夜の間もスマホの電源を切りたいくらいだった。

だが、心理分析官とはいえ、捜査官である自分にそんな勝手が許されるはずはなかった。

科長は、伊豆《いず》の温泉で過ごしていた休日にさえ、非常招集を掛けてきたのだ。

幸い、昨晩は電話は鳴らなかった。

朝食に美容的にも医学的にも禁じ手のあんこ載せバタートーストを作ってしまったのは、なんだか食欲が出なかったからだ。それでもまったくの空腹で出かけるのはよくないので、コーヒーで無理に流し込んだ。

八時三十分。朝食を終えた夏希は鏡の前で奮闘していた。

ファンデーションもルージュもいつもと同じ色を選んだ。いつもより濃い目にしてはいけない。不自然に派手なメイクは自意識過剰だと思われる恐れがある。

日頃だってメイクのカラーはじゅうぶんに考えているはずだ。あえて変える必要はない。

どこまでもナチュラルで、夏希の表情を明るく生き生きと引き立ててくれるようなメイクにできれば……。

そんなことを念じながら夏希はチークブラシを使った。

アイラインだけはいつもより念入りに整える。ネイビーのペンシルでインラインをしっかりと引き、目尻《めじり》はリキッドですっきりと流した。

セミロングの髪も不自然なくまとまってくれた。

そうこうしているうちに時計の針はどんどん進んでいった。

ワードローブを引っかき回して夏希は今日のコーデに悩んだ。

夏希は最近わかってきたのだが、自分の体型には、厚みとハリ感がある高品質な素材が意外と似合うのだ。

背は高くないし、むしろスレンダーなほうなのだが、どちらかというと骨格がしっかりしている。つまり骨太なのだ。薄手の素材だとゴツゴツした感じが強調されるような気がする。

ざっくり編みのニットなど大好きなのだが、どうしても、もっさりした感じになってしまう。

テーラードやVネックのセーターなどはすっきりと見える。バストやヒップの位置は高めなので、トップスとバランスのよいタイトスカートやスリムなパンツを選ぶこともできる。

悩みに悩んだ末に、ライトグレーのVネック薄手ニットにグレージュのレザーライダースをトップスに選んだ。ボトムスはジェイドグリーンのタイトスカートを大胆にコーデしてみた。足元はライトグレーのパンプスで控えめに整えてみた。

九時ちょうど、電話が鳴った。

織田の名前がディスプレイに表示された。

「おはようございます。お迎えに上がりました」

耳元で心地よい中音が響く。

「すぐに降りていきます」

夏希は弾む声をどうしても抑えられなかった。

マンションのコンクリート階段を降りてゆくと、例の空色のクーペが止まっている。

筋肉質ですらっとした織田の立ち姿が、運転席側のボディサイドに見えた。

小走りに駆け寄っていって、夏希は声を掛けた。

「おはようございます。いいお天気ですね」

「ええ。すきっと晴れましたね」

織田の知的な瞳《ひとみ》が明るく笑った。

Vネックの黒いニットソーの上に、ネイビーのテーラードジャケットを羽織り、ボトムスはスリムなホワイトデニムで決めている。ネイビーのローファーはたぶんパラブーツだ。

なんとなく海っぽさを想像させるきれいめカジュアルのファッションでグッとくる。

きっと夏希に海を見せてくれるに違いない。

そんな期待感を抱きつつ、夏希は白いレザーシートに滑り込んだ。

織田はすぐにイグニッションを廻《まわ》した。

低いエキゾーストノートを立てながらクルマは動き出した。

段々畑の道を下まで降りると、クルマはバス道路を東へと走り始めた。

織田が選んだBGMはバロックだった。クラシックに暗い夏希には曲名まではよくわからなかったが、ヴィヴァルディかなと思うような旋律が響いている。

バロックトランペットとオーケストラの取り合わせが明るく軽やかで朝にはよく似合う。

筑波《つくば》大学の大学院に通っていた時につきあっていた彼が、ガチガチのクラシックファンで、夏希はすっかり食傷してしまった。だが、織田のようにTPOにふさわしい選曲で適正音量を心得てくれれば、決して自分がクラシック嫌いではないことを再認識する思いだった。

日野《ひの》ICから横浜横須賀《よこはまよこすか》道路に入った織田は、三浦《みうら》半島へと向かうと思いきや、すぐに朝比奈《あさひな》ICで降りた。鎌倉《かまくら》へ向かうらしい。

朝も早いせいか県道はスムーズだった。クルマは滑川《なめりがわ》沿いにどんどん下ってゆき、あたりには木塀を持つ雰囲気のある住宅や、ちょっと豪華なお屋敷などが現れ、鎌倉らしい雰囲気の場所となってきた。

織田は県道の右側にある浄妙寺《じょうみょうじ》駐車場にクルマを入れた。

「お寺巡りなんて好きじゃないですか？」

「いいえ、わたし鎌倉のお寺、前から来たかったんです。ぜんぜん知らないし……」

「浄妙寺は鎌倉五山の五位で臨済《りんざい》宗の禅寺です……なんてことよりも、雰囲気がいいんですよ。まぁ行ってみましょう」

きっと夏希が気に入ると確信して連れてきたのだろう。こういう織田の自信たっぷりなところを頼もしいととるか、鼻持ちならないととるか……相手に対する認識によって人間の評価は百八十度変化する。

織田はネイビーのチェスターコートを羽織って、首元にはブラックに明るいブルーで縁取りのされたマフラーを巻いた。

長身の織田に似合って、うっとりするほど見事なコーディネートだった。

夏希もライダースジャケットを羽織った。

クルマを下りて浄妙寺へと続く小道を歩き始める。

両側には生け垣が続き、立派な冠木門《かぶきもん》の家も見える。

すぐに十数段の石段を前にした山門が現れた。

境内に入ると、左手に華やかな黄色い花が低木の枝々に咲き乱れている。

「え？　これって梅じゃないですよね」

「浄妙寺名物のひとつ蠟梅《ろうばい》です」

ガラスか蠟で作ったように透き通った黄色の花弁は不思議な美しさを持っている。

「透明で珍しい花びらですね」

「蠟細工にそっくりで、臘月《ろうげつ》つまり旧暦の十二月に咲くことから蠟梅と名づけられたらしいです。梅という字が使われていますが、梅の一種ではありません」

あたりには華やかで清潔感のある芳香が漂っている。

「すごくいい香り」

さわやかですっきりした香りは、ジャスミンや水仙に似ているかもしれない。

「僕はこの香りが好きで、毎年のように花期にはここへ来るんです」

すごく風流だ。だが、あるいは誰かとの思い出を辿《たど》って、この蠟梅を見に来ているのだろうか。

「ただ一人、このお寺を訪ねて、花の香りを楽しむなんて贅沢《ぜいたく》な時間……」

思い切って突っ込んでみる。

「ええ……たしかに……」

織田はどこか淋《さび》しげに笑って言葉を継いだ。

「けっこう長く咲くので大丈夫だと思っていましたが、ドンピシャでした」

はぐらかされた。

少しも嫉妬心《しっとしん》を感じないところから考えても、やはり織田には好意を持っているというレベルであるらしい。

蠟梅を堪能《たんのう》した夏希たちは、石畳の道を真っ直ぐ本堂へと歩いた。

紅白の梅も咲き始めている。

本堂は寄棟造りで銅葺《どうぶ》きの屋根を持っている。貰《もら》ったパンフレットによれば宝暦《ほうれき》六年、江戸時代中期の再建であるらしい。庫裏《くり》もよく似た構造を持っていた。

木柵《もくさく》の向こうに上がることはできないので、本尊のお釈迦《しゃか》さまとはちょっと距離があって残念だった。

拝観を済ませた後、夏希たちは境内の裏手にある喜泉庵《きせんあん》という茶屋に立ち寄った。

灰色の瓦《かわら》を載せた純和風建築の平屋建てで、建物に入ると、ぐるりと縁側が取り巻いていて庭の眺めがよい。

座敷の赤毛氈《もうせん》に座った夏希たちはお抹茶とお菓子を注文した。

半筒型の萩焼《はぎやき》らしい抹茶碗《わん》とともに丹《に》塗りの皿に盛られた生菓子が出てきた。蠟梅をかたどった黄色い練り菓子は気が利いているばかりか、さわやかな甘さが心地よかった。

「ここは平成に入ってから建てられた比較的新しい建物なんですが、天正《てんしょう》年間に茶室があった場所なんだそうです」

「とてもいい雰囲気ですね。枯山水がきれい」

目の前には小さいながら白砂利の箒目《ほうきめ》も美しい枯山水がひろがっていた。

「鎌倉では珍しいですよね。ZENガーデン」

織田も目を細めて枯山水に見入っている。

「枯山水を英語でZENガーデンって言うんですか」

「ええ。アメリカ人やフランス人には枯山水のファンが多いようです。『見立てる』って言う感覚に惹《ひ》かれる文化人も少なくないと聞いています」

「見立てる……」

あらためて考えるとあいまいにしかわからない言葉だった。

「たとえば岩が埋められていれば、そのまわりの砂利の筋は、川の流れと見立てるわけですよね。あの平たい石は橋と見立てることもできる」

「ああ。なるほど」

「能も同じような見立て美の文化ですよね。たとえば『船弁慶《ふなべんけい》』で、道行の後に義経《よしつね》がワキ座に動いて床几《しょうぎ》に腰を掛けると場面は屋内に入ったことになる。義経が立って斜めに三足出ると船着場に着いたことになる」

「そういうお約束なんですね」

「そうです。見立ては演者と観る者の間の一種のお約束があって成り立つものなんですよね。リアリティを退けて抽象的で観念的な美を選んでいる。なぜ同じ室町時代に、枯山水や能楽のような見立てという文化が成立していったのか、とても興味があります」

織田の博識ぶりには驚く。守備範囲も広そうだ。しかもいつものことだが、さらりと押しつけがましくなく楽しく蘊蓄《うんちく》を話してくれる。

警察ばかりではなく、少なくとも夏希のまわりにはほかにいなかったタイプの人物だ。

「ところで、今日は夕食までお誘いしてもよろしいでしょうか」

遠慮がちに織田は訊《き》いた。

「もちろんです。中村《なかむら》科長に呼び出されない限り」

半分冗談、半分本気の返事だった。

「科捜研には事件が起きても、今日は真田さんには電話しないようにって伝えてあります」

まじめな顔で織田は言った。

「え……」

いきなり織田の顔にいたずらっぽい笑みが浮かんだ。

「冗談ですよ。そんなことできるはずがありません。でも、山内《やまうち》所長に電話したい気分ですよ」

「やだ、織田さんったら」

笑いながらも、もしかすると本当に電話したのではないかという疑いを捨て切れなかった。もっとも、山内所長も今日は公休日なのだが。

とにかく織田は底知れぬところがある。

「僕なんかは平日は勤務時間はあってないようなものですが、休日に呼び出されることは少ないですから。現場は大変ですね」

「日々刺激がありますけどね」

穏やかな表情で織田はうなずいた。

内心で本当に共感しているのかは読み取れなかった。

浄妙寺を出た夏希たちは、鎌倉の竹寺《たけでら》として知られる報国寺《ほうこくじ》にも立ち寄った。クルマは若宮大路《わかみやおおじ》を走り大きな赤い鳥居をくぐって海沿いの国道一三四号線へと抜けた。

目の前にプルシャンブルーの海がひろがった。

クルマは西へと鼻先を向けたので、助手席の窓には由比《ゆい》ヶ《が》浜《はま》が続いた。

波は穏やかで、水平線上にはぽかりぽかりと綿雲が浮かんでいる。

いつの間にかBGMはさわやかなボサノヴァに変わっていた。織田のクルマではスタンダードだ。ボサノヴァの女神と呼ばれるナラ・レオンが歌う「メディテーション」はやわらかく海辺の景色に溶け込んでいる。夏希の心も明るくかろやかになってゆく。

「海ってやっぱりいいなぁ」

夏希は心を躍らせて叫んだ。

「真田さんは海がお好きなんですね」

「わたし田舎の海沿いの育ちなんで……」

津軽《つがる》海峡が望める函館《はこだて》市の谷地頭《やちがしら》に育った夏希は、子どもの頃から海が大好きである。谷地頭近くには海水浴に向く砂浜はないが、立待岬《たちまちみさき》をはじめ景観には恵まれている。

「ぜんぜん田舎じゃないじゃないですか。たしか函館のご出身でしたよね」

二十五万都市の函館は札幌《さっぽろ》、旭川《あさひかわ》に次ぐ北海道第三の都市には違いないが、東京圏に比べれば田舎という感覚はある。

「ええ……お話ししましたっけ」

出身地を織田に話した記憶はなかった。

織田はあいまいに横顔で笑った。警察庁にいる織田にとってはそれくらいは瞬時に調べられるだろう。

「函館はエキゾチックで素敵な街ですよね。ハリストス正教会にカトリック教会、そのほかにもたくさんの歴史的建造物があって……」

「行かれたことがあるんですか」

夏希は気負い込んで尋ねた。

「とんぼ返りでしたけど、帰りの飛行機までの時間を使って函館山のレストランで夜景を眺めました」

「函館山の夜景が有名ですが、教会地区から眺める港の夜景も素敵ですよ……」

質問を重ねて、織田がどんな人間であるのか炙《あぶ》り出しをすべきなのだろう。しかし、なぜだか織田にはプライベートなことが聞きにくい。

それでも思いきって訊いてみた。

「織田さんはどこにお住まいなんですか」

「僕は三軒茶屋《さんげんぢゃや》に住んでます」

「あ……世田谷《せたがや》ですね」

「マンションばかりで面白みのない場所ですよ」

織田はさもつまらなそうに言った。

たしか高級なエリアだったと思う。が、夏希は東京のことをあまりよく知らない。

織田の顔つきは、この話題にそれ以上は触れて欲しくなさそうに見えた。

「織田さんはどちらのご出身ですか」

「僕は長野県の松本市《まつもと》です」

県庁所在地の長野市に勝るとも劣らない都市だとは聞いたことがあった。それ以外には……。

「アルプスとお城のイメージがあります」

「槍ヶ岳《やりがたけ》や穂高《ほだか》連峰、乗鞍岳《のりくらだけ》など北アルプスの三千メートル級の高山が九座あります。乾小天守《いぬいこてんしゅ》は日本でいちばん古い天守閣とも言われていて松本城は国宝に指定されています」

珍しく織田の声は誇らしげだった。

「いつか行ってみたいです」

「はい、ぜひご案内したいです。僕は松本市でも南東の中山台《なかやまだい》という住宅地に住んでいました」

「どんな場所だったんですか」

「ちょっと高台なんで、北アルプスがよく見える場所です。僕が通った中山小学校は北アルプスのビューポイントとして有名でもあります」

「いいですね。そんな素敵な学校なんて」

「授業がつまらないと、よく窓から北アを眺めていて担任に叱られました」

「織田さんは優等生だと思っていたから信じられない」

「いや、そんなことはないですよ」

勉強ができ過ぎて授業がつまらなかったのかもしれない。

「青春時代も松本で過ごされたんですよね」

「ええ。松本深志《ふかし》高校の出身ですから。長野県内でいちばん古い高校なんですよ」

「男子校ですか」

「県立高ですし、男女共学です」

「その頃の織田さんってどんな高校生だったんですか」

彼女はいたのだろうか……。

「そうですね……大人になって何をしたらいいかがわからなくて悩んでいたかな」

織田はあいまいな表情で笑った。

「意外……将来への希望に燃えていたんじゃないんですか」

「まだ自分が何者なのか見えてなかったんですよ……ところで北アルプスなんですけれど、冬の初め頃には、またおもしろい現象も見ることができます」

「教えて下さい」

「松本盆地の西側に厚い雲が垂れ込めて、東側は雲ひとつないほど晴れているんです」

「え……なんでそうなるんですか」

夏希はその光景を想像して不思議な気がした。

「松本は真ん中がくびれて東西に長いのですが、盆地の西側の北アルプス側は日本海側の気候で、東側の美ヶ原《うつくしがはら》側は太平洋側の気候なんです。だから、盆地の真ん中に二つの気候の境界線ができるんですよ。雲がかかっている西側は雪が降っているというわけですね」

織田はさも楽しそうに言葉を終えた。

「そんな景色、見てみたいです」

「冬の初め頃は新雪が降って空気も澄んでいるからいいですよ。それから五月下旬から六月初旬の上高地《かみこうち》は、残雪の山と新緑の森と梓川《あずさがわ》の清流の取り合わせがいちばんきれいな季節です。晴れたら、日本一の山岳美を楽しめますよ」

「いつか行ってみたいなぁ」

「ぜひ、ご案内したいです」

結局、青春時代の話は聞けなかった。織田は個人的な話題になると、興味を引くような話や珍しい話などを持ち出して、はぐらかそうとしているような気さえする。出身地についての話題の半分は松本市の広報か観光協会のパンフレットのようであった。

夏希はちょっと失望しつつも、織田の人物像にはゆっくり迫ってゆくしかないと感じていた。


【2】


七里《しちり》ヶ浜《がはま》の高台にあって階段でしか辿《たど》り着けない「アマルフィイ・デラセーラ」と言う名のイタリアンに、織田は予約を入れてあった。

降り注ぐ陽差しのおかげであたたかいので、赤いパラソルがきれいなテラス席でランチを頼んだ。

眼下には百八十度に近く光る相模湾《さがみ》が望めて最高のロケーションである。

夏希の気分は高揚し、好きな音楽や映画など他愛もない話をしているうちに、時間はどんどん経っていった。

七里ヶ浜を出た織田はクルマを逗子《ずし》方向へと向けた。

逗子マリーナや県立近代美術館葉山《はやま》館に立ち寄っているうちに、冬の陽は西に傾いてきた。

黄金色の光が助手席に射し込むなか、クルマは葉山港の駐車場に滑り込んだ。釣り船の並ぶ鐙摺《あぶずり》港とプレジャーボートの基地となっている葉山マリーナを擁する港である。

クルマを停めた織田は、夏希へ向き直って微笑んだ。

「食事の前に少し夕陽を眺めませんか」

「ええ……ぜひ見たいです」

クルマから出ると、海の方向の空が段々と赤みを増してきた。

織田はプレジャーボートが並んでいるハーバーを抜けて、係留地に大きく突き出た堤防へと夏希を連れて行った。

「素敵！」

数段のコンクリート階段を登って堤防の上に立った夏希は目の前の色彩に息を呑《の》んだ。

小さな波が揺らめく海面は、複雑な色合いに満ちていた。文字通り虹色《にじいろ》に輝いている。

水平線のホリゾントは、バラ色からコーラルオレンジへ、さらにアメジストから紺藍《こんあい》へと豊かなグラデーションを作り出している。

遠くに江の島《えのしま》が淡い紫色に霞《かす》み、背後には箱根《はこね》の山々が長く連なっている。

遠景には藍色の富士《ふじ》が壮麗な影を浮き立たせていた。

夏希は感動していた。函館では見ることのできない雄大な眺めだった。

「素晴らしい夕暮れですね」

夏希は上気した声で織田に語りかけた。

隣に立った織田は身体を夏希に向けた。

「真田さん」

呼ばれた夏希も織田へと向き直り、二人はしぜんと向かい合って立つ姿勢になった。

「いまの時間は、僕にとってはとても幸せなものです」

ゆっくりと織田は言葉を発した。

「わたしも幸せです。今朝からずっと、素敵な時間をプレゼントして下さってありがとうございました」

夏希の微笑みは途中から顔に貼り付いてしまった。

織田の瞳《ひとみ》が真っ直ぐに夏希の瞳を見つめている。

いままで見たことがないような織田の力強い視線に、夏希の心拍数は急上昇した。

「僕はこれからも、こんな時間をご一緒したいです」

「え……」

血圧計の水銀柱がどんどん上がってゆくような錯覚を夏希は覚えた。

いくぶん早口で織田は言葉を連ねた。

「真田さんの個人的な時間を共有させて頂きたいのです」

かるいめまいを覚えた。

「それって……」

夏希の声はかすれた。

「今日のような時間を、いつもあなたと過ごしたいのです」

織田は言葉に力を込めた。

「そんな……」

正直、嬉《うれ》しかった。

心の奥底が大きく震えている。

でも、どこかすっきりしない気持ちが残っている。

いったいこの違和感はどこから芽生えるものだろう。

（うなずけ。うんと言ってしまえばいいんだ）

夏希の心のなかで、別の夏希が背中を押した。

だが、なぜか夏希は決断できない。

（何を迷ってるんだ。この瞬間をずっと待っていたんじゃないか）

心のなかの声はもっと大きくなった。

だが……。

一日掛けても夏希は織田がどういう人物であるのか、ちっともわからなかった。

世田谷に住んでいることや松本の出身であることは知った。

しかしそんなのは警察庁の職員台帳にだって掲載されているだろう。

自分と一緒にいたいという気持ちがあるのなら、こんなにも自分を開示しないのはなぜなのだろう。さらに織田は夏希のことも尋ねようとはしなかった。

たとえば夏希の青春時代のことだって、ひとつも尋ねては来なかった。

「でも……」

半ば無意識に声が出てしまった。

「でも？」

織田の両眼が見開かれた。

（余計なこと言うな）

自分のもう一つの声を抑え込んで、ゆっくりと言葉を口にした。

「わたしたちはお互いを知らなすぎるんじゃないんでしょうか」

これこそが本当の夏希の心だった。

「僕たちは仕事を通じて、お互いを理解していると思いますが……」

信じられないという顔で織田は言葉を途切れさせた。

「そうでしょうか」

織田の顔に混乱が表れている。

「僕は真田さんがどんなに優秀な女性かを知っています。前の事件の時にも言いましたが、僕はあなたからさまざまなことを学びたいのです」

織田の言葉は耳には心地よかった。

だがそれは、夏希の心にダイレクトに響くものではなかった。

なぜ、もっと熱情を込めた素朴な言葉を、ストレートにぶつけてくれないんだろう。

「織田さんが知っている真田夏希は神奈川県警の一人の心理分析官です。素顔のわたしのことを織田さんは知らないと思います。わたしも素顔のあなたを知らない……」

「僕たちは捜査本部でたくさんの時間をともに過ごして来ました。僕がどういう人間かもわかって下さっていると思っていました」

「でも、それは警視正としての織田信和さんです。わたしは一人の男性としての織田さんをよく知らないのです」

「今日も僕は自分のことをずいぶんとお話ししたように思っています」

「あなたは履歴書に書けるようなことしか話してくれませんでした……」

「履歴書……」

織田は絶句した。

「わたしは、嫌なところも含めて、もっと生の織田さんを知りたかったです」

「話したつもりでしたが……」

「わたしは織田さんの優秀さや、教養豊かなところや、センスのよさをとても素敵だと思っています。でも、一人の人間としての織田さんがどういう方なのか、本当はわかっていないのです。だから、もう少しお互いをわかり合う時間が必要だと思っています」

「そうですか……わかりました……」

額の両端を指でつかんで織田はうつむいた。

「ごめんなさい」

夏希は頭を下げた
「やめてください。謝ることじゃない」

織田は軽く手を振って言葉を継いだ。

「僕は喜ぶべきかもしれません」

「えっ？」

織田の発した言葉の意味を理解しようと夏希は懸命になった。

「いえ、全面的に断られたわけじゃない。だから嬉しいのです。真田さんは僕に継続的なチャンスをくれたわけですから」

織田は力なく微笑んだ。

つい、臨床医としてのかつての職業意識が頭をもたげた。

「あなたはもっと自分をさらけ出したほうがよいように思います」

「自分をさらけ出す」

織田は夏希の言葉をなぞった。

「優秀で社会的な地位にも恵まれた織田さんが、高いプライドをお持ちなのは当然でしょう。ですが、そのプライドが傷つくことを必要以上に、ひどく恐れていらっしゃいます。プライベートな関係ともなれば、エゴがむき出しになる場合も少なくありません。そんなに自分を包み隠していたら、社会性を持たないプライベートな人間関係ではかえって大きく傷つくことにつながります」

黙って夏希の顔を見つめていた織田は、いきなり笑い出した。

「なるほど……さすがに精神科医だ」

「すみません。えらそうなことを言って」

夏希は肩をすぼめた。

織田は笑いながら顔の前で手を振った。

「でも、悔しいから、ひと言だけ反論させて下さい」

「なんでしょうか」

夏希は身構えた。

「いまのアドバイス、そっくりあなたにお返ししますよ」

「えっ……」

予想外の答えに夏希はのけぞりそうになった。

「真田さんもご自分のことを僕に少しも話してくれませんでした。あなたも自分を包み隠している」

夏希は頭の後ろを殴られたような衝撃を覚えた。

「そんな……」

「僕は真田さんの家族構成も、青春時代のことも何も知りません」

織田の言葉は間違っていない。

自分を隠しているつもりはなかった。だが、言われてみれば、織田の内面を知りたいばかりに、自分のアピールを忘れていたかもしれない。

「真田さんも自分のプライドを守ろうとする気持ちが強いのだと思います」

「わたしはプライドを守っているつもりは……」

論理的な反論ができなかった。

「ははははは……お互い傷つくのを恐れているんですかね。ヤマアラシのジレンマじゃないでしょうか」

「あっ、そうかも！」

夏希は膝《ひざ》を叩《たた》きたい気分だった。

ヤマアラシのジレンマ、またはハリネズミのジレンマは、もともとは、哲学者のショーペンハウアーが言い出した概念である。

体じゅうにたくさん鋭い針を持つヤマアラシ同士は仲よくしようとして近づくと、その針で相手を傷つけてしまう。親しく思って近づけば近づくほど、お互いに傷つくので、近づけないというジレンマである。

つまり「近づきたい、でも、近づき過ぎたくない」という気持ちと「離れたい、でも、離れ過ぎたくない」という気持ちが共存しているような心理状態を指す。

後にフロイトが採り上げ、レオポルド・ベラックが命名した。合衆国の精神科医であったベラック博士はADHDの研究者として知られている。

「あれは、観念的なたとえ話で、現実のヤマアラシ同士は、針を寝かせて身体を寄せ合って眠ります。ハリネズミは針など気にせずに、くっついて寝ているそうですけれどね」

「そうなんですか……。命名者のベラックは、実際には寝ているヤマアラシを見たことはないのかもしれませんね」

「僕はそんなヤマアラシをYouTubeで見ましたよ。ヤマアラシのジレンマは自然科学的に間違っていると、学会発表しましょうか」

二人は声を立てて笑った。

あたりに夕闇が静かに忍び寄ってきた。

【3】

防波堤を下りた夏希たちはハーバーから鐙摺港の方向へ向かった。

織田はいったん車道へ出て北側の逗子方向へと歩き始めた。

道の先には瀟洒《しょうしゃ》な白壁の洋館がライトアップされている。

三階建ての壁に穿《うが》たれたアーチ窓や、海に向いたバルコニーはまるでプロヴァンスあたりのリゾートに建つレストランだ。

帆を畳んだクルーザーが浮かぶ紫紺色に染まった海とあまりにもよく似合っている。

「うわ、素敵なお店！」

「夕食はこの『ラ・マーレ』にしましょう」

「いいですね！」

防波堤での気まずさをはね除《の》けるように、夏希は明るい声で答えた。

「ここは、僕が学生時代にはすでに老舗《しにせ》でした。こんなところで食事できるようになりたいって思ったものです」

「誰だって憧《あこが》れますよ。こんな素敵なお店」

「いまでこそこういう感じのエクステリアを持つお店も増えましたけど、二十年以上前には、本当に輝いて見えたものです」

「建物はそうかもしれませんけど、まるで海の上に浮かんだみたいなこの立地は、ほかにはあり得ない気がします」

話しているうちに夏希の心は浮き立ってきた。

白い壁と白天井の建物内は、エクステリアと統一感があって、レトロな魅力にあふれていた。

清潔感のある店内は、一階がカフェ、二階がレストラン、三階がバンケットルームになっているようだった。

二階に上がった二人は、ギャルソンに案内されて白いクロスの掛かったテーブル席に着いた。

「お料理も美味《おい》しいですよ……ワインはいかがですか」

織田の言葉に夏希は戸惑いを隠せなかった。

「だって織田さんは……」

「クルマでなければワインを楽しむところですが」

さすがに酒気帯び運転はまずい。

「わたしペリエかなにかでいいです」

「じゃあ僕もペリエにしよう。でも、いつかここでワインを飲む機会を作りましょう」

「ええ、ぜひ、お誘い下さい」

夏希は微笑んだ。防波堤での会話のおかげで、こんな誘いもなぜだかあっさりと聞けるようになった。

「ここは葉山マリーナの近くにある日影《ひかげ》茶屋という江戸中期から続く料理屋さんが経営してるんですよ。もっともこのマーレは一九七七年にオープンしたそうですが」

四十年以上も前に、南仏そのままのような、こんなお店を開いていたことは驚きだった。

織田の顔が急に引き締まった。

「すみません、無粋なようですが、仕事の話をしていいですか」

「どうぞ」

まさかここで仕事の話になるとは思わなかった。夏希はいくぶん面食らって答えた。

「ある殺人事案を解決するために、科捜研に籍を置いたまま、神奈川県警刑事部の根岸《ねぎし》分室で心理分析業務に就いてほしいのです」

織田はゆっくりと言葉を続けた。

「根岸分室って……そんな組織があるんですか」

聞いたことがなかったが、夏希は県警の組織に詳しいわけではない。

「一年ほど前に創設されたのですが、特別な任務だけを遂行している小規模な分室です」

織田の表情はどこか苦しげだった。

「今回の任務って危険を伴うようなものなのですか」

緊張して尋ねると、織田は表情をゆるめて首を振った。

「いえ、警察官としての通常の危険の範囲だと思います」

「それならいいんですけれど」

「場合によっては三週間以上にわたるかもしれません」

三週間は捜査本部の第一期にあたる。設置から三週間で被疑者の特定に至らないと、捜査本部は大幅に縮小される。

「お承《う》け頂けますか?」

織田は覗《のぞ》き込むような目つきで訊《き》いた。

警察官の言葉とも思えない。端的に命令を下せばよいのだ。

「承けるって……命令って断れるものなんですか」

「基本的には断れません。ですが、いまの段階では、この件は発令はされていません」

「まだ命令が出ていないんですか」

織田は軽くうなずいた。

「僕は優秀な人物を推薦すべき立場にあります。神奈川県警全捜査官のなかで、この件にもっともふさわしい方は真田さんを措《お》いてほかにありません」

「ではなぜ、根岸分室に行けとの命令を出されないんですか」

「お忘れですか。僕はあなたに命令できる立場にいません。形式的には山内所長からの発令というかたちになります」

「織田さんの言葉が実質的な命令なんですね」

ゆっくりと織田は首を横に振った。

「先にも言いましたが、この件に関しては僕は推薦する立場です。実質的な命令は警察庁長官官房の大友《おおとも》参事官から出ます」

「神奈川県警レベルの案件じゃないんですか」

織田は一瞬、沈黙し、見当違いの答えを返した。

「ハーバーでのお答えが違うものだったら、この件はお話ししなかったかもしれません」

「どういう意味ですか」

あいまいな表情を浮かべて織田は黙った。

「やっぱり危険が伴うか、非常に困難な任務なんですか」

「そんなことはないと思います」

表情を変えずに織田はさらっと答えた。

やはりこの任務には、なにかしらの危険か困難がついて回るのだろう。

だが、夏希が交際相手候補ならこの任務を振らないというのは、公私混同そのものではないか。夏希のなかで怒りにも似た感情がむらむらと湧き起こった。

「さっきのお返事は、仕事とは何の関係もないことだと思います。そんなお考えは織田さんらしくありません」

強い口調の言葉が口を衝《つ》いて出た。

「しかし……」

織田はひるんだ。

「わたしの能力がこの任務に必要だと織田さんが判断されたのであれば、大友参事官という方に推薦して下さい」

「最初から言っているように、この任務にもっともふさわしいのは真田さんです」

「でしたら」

「承けて下さるのですね」

夏希は強くあごを引いた。

「はい。承ける承けないの問題じゃないと思います」

「では、週明けの月曜日に警察庁に一緒に参りましょう。殺人事件の概要については、大友参事官から直接お話しすることになっています。八時半にお迎えに上がります」

「いえ、わざわざ世田谷からおいでになる必要はありません」

きっぱりと言いきる夏希に織田はいくらか鼻白んだ表情で答えた。

「では待ち合わせ場所の地図などをメールでお送りします」

しばらくすると、カルパッチョやフォアグラプリンなどが盛りつけられた前菜が運ばれてきた。

夏希たちはフォークとナイフをとって、見た目も美しいフレンチに手をつけた。

しかし、防波堤での会話が蘇《よみがえ》ったり、任務のことが気になったりして、夏希は気もそぞろになっていた。

自分の感受性が落ちている。

前菜のフォアグラプリンも、名物だというオマール海老《えび》のブイヤーベースも、その繊細な味をじゅうぶんに楽しむゆとりがなかった。

こんな素晴らしいフレンチなのに、夏希は残念でならなかった。

それでも、ゆったりとしたジャズピアノが流れる優雅な空間で、暗紫色に霞《かす》む海を眺めながらの夕食は忘れられない時間となりそうだった。

（いつかまた織田さんと来たいな……）

そのときに二人はどんなつきあい方をしているのだろう。

食事を済ませて一階へ下りると、織田はためらいなく外へ出てゆく。

ギャルソンがうやうやしいお辞儀で見送った。

夏希がちょっと化粧直しをしている間に織田は会計を済ませてしまったらしい。

ここは野暮なことは言い出さずに、ご馳走《ちそう》になることにした。

そう。またここでお返しのご馳走をすればよい。

エントランスに出ると、夜の潮風はやはり冷たかった。

白い石段を下りたところで、ひと組の若いカップルが前の石畳の道の右側から歩みを進めている姿が目に入った。

（まずい……）

女性と腕を組む男性を見た夏希の背中が凍った。

刑事部捜査一課の石田《いしだ》三夫《みつお》巡査長だ。

いつも黒っぽいスーツ姿だが、A−2というタイプのクラシカルなフライト・レザージャケットにブラックデニムを穿《は》いている。

女は若い。二十歳そこそこではないか。ウォッシュの効いたショート丈のデニムジャケット。白いフェイクファーがネックで盛大に風に揺れている。

ピンクのカットソーの胸元に大粒のジルコニアを連ねたシルバーのネックレスがまぶしく光る。ボトムスは両サイドにスタッズがずらりと並んだスキニーなダメージデニムだった。

ちまちまとした目鼻立ちだが、過剰なメイクをうまく抑えればかなりの美形だろう。

小柄でスレンダーだが出るところは出ている。

スタイルを誇るように、左右の足をしっかりと踏み出して女は歩いてくる。

石田がときおり女の耳元で何かを囁《ささや》くと、女はきゃっきゃと笑い声を立てる。

(お願い。気づかないで……)

だが、エントランスの照明はすれ違う相手を認識するにはじゅうぶん過ぎるほどに明るかった。

願いは空しく、三メートルほどの距離に近づいたところで、石田の目が夏希に向けられた。

「あ……」

びくんと身体を震わせて石田は歩みを止めた。

女がけげんな顔で石田を見上げた。

「真田先輩……織田理事官……」

自分の目に映ったものが信じられないというように石田は目を瞬《しばた》いた。

「先輩……なんでこんなところに？」

石田は夏希の顔をじっと見つめて訊いた。

採用一年目の夏希は警察官としては、石田より数年後輩にあたる。自分のほうがいくつか若いことを誇って、いつもこんな呼び方をする。

「あら、石田さん。デート？」

明るい声で答える背中に、嫌な汗が流れ落ちる。

「ええ、まぁ……お二人こそ、プライベートなんですよね。驚いたなぁ」

石田はわざとのように背中を大きく反らした。

「何言ってんの。仕事の打ち合わせしてたんじゃないの」

夏希はほんの一部の真実で抗弁した。

「仕事の打ち合わせを、こんなとこでっすか」

疑わしげに……と言うより、まったく信じていない石田の表情であった。

「ええ、真田さんには明後日《あさって》から警察庁で長期研修に入って貰《もら》う予定です。その打ち合わせです」

織田は少しの動揺もみせずに堂々と言い放った。

「ほんとですか」

石田は面食らった顔で二人を交互に見た。

「そ、わたし月曜から科捜研にはいないから」

夏希は頬を引きつらせて微笑んだ。

「任務によっては、こういう場所で話さなければならない話もあるんですよ」

織田はなんの動揺もみせずに言葉を続けた。

「いやぁ、警視正と警部補の打ち合わせともなると贅沢《ぜいたく》なもんなんすね」

皮肉だか冗談だかわからない石田の顔つきだった。

「もちろんポケットマネーですよ。誤解しないで下さい」

「織田理事官のことですから、もちろんそうですよね」

織田の言葉を石田は信じたようである。

夏希は自分の肩から力が抜けるのを感じた。

「しばらく現場にも出ないから、みんなによろしくね」

口から出した言葉とは裏腹に、いまのこの場面を小川《おがわ》や加藤《かとう》に知られたくないという気持ちがどこかにあった。

「りょ、了解です」

「じゃあ、またね」

夏希はかるく手を振った。

「また、現場でお目にかかりましょう」

「あ、はい……お気をつけて」

石田は上官たちに向けて、深く頭を下げて見送った。

夏希たちはそのまま石段を下りた。

不自然に早足にならないようにゆっくりと夏希は足を運んだ。

「誰よ、あの人……元カノ？」

「ちげーよ。職場の先輩だよ」

「どうだか……」

「なに、その目？」

背後で二人の声が聞こえる。

「意外とババァ好《ず》きなんじゃん」

「違うってさぁ」

腹を立てている余裕はなかった。

女は女なりに夏希のどこか不自然な態度に気づいているようである。女の直感か……

完全な誤解なのだが。

夏希は全身を硬くしてクルマへと歩いた。

「まさかここで会うとは思ってなかったな……」

「驚きましたね」

夏希のつぶやきに織田は笑い混りに答えてからまじめな顔に変って言葉を継いだ。

「石田さんに言ったことは公式アナウンスです」

「え？」

「真田さんは月曜から警察庁に長期研修というかたちにします。根岸分室へ出向する命令を知っているのはわたしたち二人と、大友参事官、黒田《くろだ》部長、山内所長だけです。分室に通うことをほかの人には言わないで下さい」

「わかりました。根岸で誰かに会っても適当な理由づけを考えます」

「よろしくお願いします」

織田は助手席のドアを開けた。

「素晴らしいディナーをありがとうございました」

織田は夏希のほうを向いてにっこりと微笑んだ。

「つきあって下さって嬉《うれ》しかったです」

クルマが滑り出すと、すぐに織田の静かな笑い声が聞こえた。

「どうしたんです？」

「僕はヤマアラシのジレンマから逃れられるようにしなければ……」

「わたしもです」

夏希もしぜんに笑みを浮かべていた。

「助手席の窓を開けてもいいですか……ほんのちょっとだけ」

「いま開けます」

サイドウィンドーがかすかな音を立てて下がった。

今夜の葉山の海を、夏希は記憶に留《とど》めておきたかった。

半月より少しふくらんだ十日月が水平線上低く菜の花色に光っていた。銀の首飾りを伸ばしたような月の反射が、沖合を華やかに飾っている。海の上にはたくさんの星が小さなダイヤモンドをちりばめたように輝いていた。

【4】@二〇一八年一月二十九日（月）朝

月曜日の朝、東京メトロの霞ケ関《かすみがせき》駅を出た夏希は、中央合同庁舎第2号館の南玄関に向かっていた。

地上へ出ると、目の前に二十一階の白亜の高層ビルが迫った。屋上にはたくさんのアンテナを備えた鉄塔が設けられた威圧感抜群の建物である。

夏希は神奈川県警採用なので、いままでこの建物に縁はなく、初めて訪れた。

舗道に散っている街路樹の木の葉が北風にカサコソ音を立てている。

右側に総務省、左側には国家公安委員会と警察庁のブロンズ銘板が出ている入口で、チャコールグレーのダスターコート姿の織田が待っていた。

「おはようございます」

「あ、真田さん、遠路ご苦労さまです」

「土曜日はありがとうございました」

「こちらこそ、さ、参りましょう」

二段構えの入館手続きを済ませ、エレベーターに乗った。

エレベーター内で夏希は織田に向かって遅ればせながら大友参事官について尋ねた。

「参事官というと部長級ですか」

どんな職務に就いているのか夏希にはよくわからなかった。

「本庁では課長級ですね。大友参事官は刑事局担当で、階級は警視長です」

黒田刑事部長と同じ階級だ。神奈川県警ならば部長級にあたるわけだ。

「どんな方ですか」

「信頼できる穏やかな人ですよ」

小さくうなずいて織田は請け合った。

警察庁長官官房のあるフロアで下りると、ガラス張りのオフィスエリアで大勢のスーツ姿の男女が忙しげに立ち働いている。その奥の通路沿いにはずらりと扉が並んでいた。十五メートルほど歩くと、大友義行《よしゆき》という名札の入った部屋が現れ、織田は扉をノックした。

「どうぞ。お入り下さい」

よく通るなめらかな声が響いた。

部屋に入ると、木製の両袖机《りょうそでづくえ》を前にして座っていた男が顔を上げた。

ネイビーのスーツに白シャツ、ブルー系のレジメンタルタイというかちっとしたコーデ。少しラフな七三に分けて、リムレス眼鏡を掛けた姿は、夏希がイメージする官僚そのものだった。

四十代半ばくらいか。四角い顔のなかで知的な両眼が光っている。垂れ目気味なので、たしかに温厚そうな雰囲気も感ずる。

「科捜研の真田分析官を連れて参りました」

「はじめまして。真田夏希と申します」

夏希の顔を見るなり、大友参事官の頬がゆるんだ。

「いや、これは……」

だが、大友参事官はそれきり言葉を呑《の》み込んだ。

「大友だ。かけてくれ」

勧められて、夏希たちは茶色い革張りのソファに座った。

夏希の容姿について大友参事官は触れなかった。

たとえ美人だという褒め言葉であっても、セクハラに当たることがあり得る。優秀な警察官僚だけあって、そのあたりはじゅうぶんに心得ているようである。

若いスーツ姿の男性職員がお茶を運んできて一礼して去った。

「さっそくだが、事件の概要を話そう」

「お願いします」

大友参事官の言葉に織田は頭を下げた。

「正月二日に、神奈川県三浦市の剱崎《つるぎざき》海岸で、堀尾《ほりお》元晴《もとはる》という男の死体が発見された。殺害されたのは解剖結果等により前日、つまり元日の深夜だと判断される。被害者は大《おお》晦日《みそか》から元日に掛けて一人で横浜市港南区《こうなん》の自宅にいたと考えられる。近くのコンビニの防犯カメラに午後九時過ぎの映像が残っているが、その後の足取りは一切つかめていない」

「現場にどうやって行ったかは判明していないのですね」

夏希の問いに大友参事官はかるくうなずいた。

「何者かに拉致《らち》されたと考えるのが順当だと思う」

「拉致……」

その言葉に夏希は身体が強《こわ》ばるのを覚えた。拉致される恐怖を夏希はよく知っている。

「堀尾は厚生労働省の若手官僚だった。現在、三崎署に捜査本部が立って、捜査を進めている。被害者の遺体頭部からはスウェーデンのFFVノーマ社が開発した自動拳銃《けんじゅう》用の実包である十ミリオート弾が発見された。また、現場付近で二発の空薬莢《からやっきょう》も見つかっている。我が国で銃器を使用した犯罪を起こすのは、ほとんどが暴力団だ。だが、こんな銃はたとえば暴力団が使っていることは少ない。彼らがよく使うのは、ロシアから流れてきたトカレフTT33やマカロフPMあたりだ。これらの拳銃は十ミリオート弾は使えない」

大友参事官は自分で茶を飲むと、手ぶりで夏希たちに奨めた。

夏希たちも茶碗《ちゃわん》に口をつけた。

「さらに十ミリオート弾は特殊なものだ。威力が過大で反動が大きく、撃つ者の技量を要求する。発射ごとに使用する拳銃に高負荷を掛けることが嫌われて現在ではあまり使われていない。だが、国際手配されている通称グレイマンというプロの殺し屋がこの十ミリオート弾を好んで使用することがわかった」

「グレイマンですか……」

灰色男……意味のよくわからない言葉だった。

「グレイマンは、FBIがこの男につけた、いわば愛称だ。合衆国のマーク・グリーニーの小説『暗殺者グレイマン』からとったものらしい。男性である以外は、国籍も本名も謎だが、アジア人であるらしい。実は、堀尾は外資系の製薬会社との関係でかなりまずい不正をしていた疑いがあって、警視庁が内偵中だった。そのいざこざで多国籍製薬マフィアに始末された可能性がある」

大友参事官は穏やかな調子で話し続けた。

「質問してよろしいでしょうか」

「どうぞ。遠慮なく、逐次、質問してくれ」

「そんなプロの殺し屋の犯行であるのなら、わたしが今回の任務を遂行する必要性がないようにも思うのですが……」

「これは神奈川県警刑事部の見解だ。実はわたしはこの見方のほかに別の可能性を考えている」

「ほかの可能性ですか」

大友参事官は大きくうなずいた。

「犯行の直前に、厚生労働省の堀尾のメールアドレスあてにこんなメールが届いた」

大友参事官はテーブル上のメモ用紙を剝《は》ぎ取ると、デスクペンで何文字かを連ねて夏希たちに見せた。

——陰悪《いんあく》も又天誅《またてんちゅう》不遁事《のがれざること》

夏希にはその一文の意味がよくわからなかった。

「これは江戸時代の旗本で南町奉行《みなみまちぶぎょう》までつとめた根岸肥前守《ねぎしひぜんのかみ》が、巷間《こうかん》の珍談や奇談を集めた『耳嚢《みみぶくろ》』という書物の巻之四にあるエピソードのタイトルだ」

「みみぶくろですか……」

漢文は読めないし、こうした歴史的なことも夏希はあまり得意ではない。

「肥前守が聞き集めた話を記したので、そんなタイトルをつけたのだ。このエピソードは、辻駕籠《つじかご》に乗った客が忘れた二、三十両の金をネコババした駕籠かきが、最後は乞食《こじき》に落ちぶれてしまうという話だ」

メッセージの持つ意味がようやくわかった。

「つまり天罰を意味しているのですね」

「その通りだ。これが届いた時に、堀尾はすでに剱崎海岸にいて殺される直前だった。

従って、本人はこのメールを読んでいない」

「では、別の誰かが警察に連絡したのですね」

「厚労省の友人が非公式にわたしに伝えてくれた。これは要するに犯行声明だと思われる。犯人は堀尾に天罰を下したと通告しているわけだ。グレイマンの犯行と考えるのにはあまりにも不自然な事実だ」

大友参事官は言葉を切って二人の顔を交互に眺めた。

「わたしはこちらの線が本筋と考えている。根岸分室の上杉輝久《うえすぎてるひさ》室長は、多国籍製薬マフィアの線に違和感を覚えると言っている。彼の捜査感覚は大きく評価しているし、わたしも同じ違和感を覚える」

「たしかに……」

夏希も同じ違和感を覚えた。

「天罰を通告してくるからには俗に言う確信犯と思われる。このような犯罪通告型の確信犯についての実績を持っている捜査官を探してほしいと織田くんに頼んだというわけだ」

「そこでわたしは真田さんを推薦したのです」

織田は自信ありげに胸を張った。

「一年に満たない経験のなかで、真田分析官の上げた実績は素晴らしいものだと評価できる。わたしは織田くんの目に狂いはないと思った」

なるほどようやく自分が呼ばれたわけがわかった。要するにこのメールも警察への挑戦状と解釈することができる。たしかに警察に挑戦してくる犯人と夏希は何回も対峙《たいじ》してきた。

「わたしをお呼びになった理由は理解できました。でも、捜査本部はこの天罰の線を追う必要はないんですか」

「捜査本部は多国籍製薬マフィアの線一本で捜査を進めてゆくべきだ。なぜならば、この犯罪通告メール自体が組織の偽装したものであったり、あるいは本事案とは無関係なものである可能性も捨てきれない。とすれば、捜査本部の人数は人海戦術の必要とされるグレイマンに割く必要がある」

大友参事官が論理的に思考する人物であることに、夏希は安堵《あんど》した。

「根岸分室が捜査を進める件は極秘とする。捜査本部にも君たちが捜査に着手することは一切伝えない」

「なぜですか」

夏希は驚いて尋ねた。

「まずはマスコミ対策だ。捜査本部にはすでにたくさんの報道機関の記者たちが貼り付いている。捜査情報が外部に漏れることは避けたい。また、確信犯の線が読み違いだった時に、君や上杉、そしてこのわたしが不利益を被らないように配慮したい。根岸分室はこのような極秘捜査を担当し続けている」

自分自身をつけ加えるところは大友参事官の実直な性格を感じる。

「さらにある特殊事情がある」

「どんな事情なんですか」

「それについては上杉室長から聞いてほしい」

なぜか大友参事官は明言を避けた。

「わかりました」

警部補に過ぎない夏希の立場で、本来は雲の上の階級である警視長に、それ以上の突っ込みを入れるわけにはいかなかった。

「犯人がメールを使っていることから、ネットに強い神奈川県警の小早川《こばやかわ》管理官をチームに入れることとした。彼も織田君の推薦だ」

「小早川さんも根岸分室に来るんですか」

小早川は夏希に妙なライバル意識を持っている。おまけにサディスティックな傾向を感じさせる人物でもある。

「いや、彼は別件も抱えているので、警備部からは動かない。ただ、必要な時には根岸分室は小早川管理官と連絡を取り合ってほしい」

根岸で小早川と顔を合わせることはないらしい。

「君と上杉の二人で、この事案の憎むべき犯人を一日も早く確保してほしい」

大友参事官はあらたまった顔になって宣言するように言った。

「了解しました」

織田も立ったのであわてて夏希も従った。

夏希は身体を前に折る室内での正式な敬礼で答えた。

「君の能力に期待している。頑張ってくれ」

大友参事官はわずかにほほえむと立ち上がった。

「お忙しいところをありがとうございました」

夏希たちは頭を下げて参事官室を出た。

「土曜日にもお話ししましたが、真田さんは明日《あした》から警察庁に長期研修ということで通してもらいます。現在担当している仕事の引継ぎなどは今日のうちに済ませて下さい」

「幸い、ここのところ、大きな事案にぶつかってないんです。主に来年度の初任科研修で講師をする資料の作成などをやっていましたので、引継ぎもそんなにありません」

「ええ、山内所長から聞いています」

「すでにお調べでしたか」

こういう用意周到なところが官僚には必要なのだろう。行き当たりばったりで仕事をするようなことはないのだ。

「大友参事官って……」

「温厚な方だったでしょ」

「ええ。だけど、内心がわからないようなところがありました」

「そうですね。我々官僚には感情を出さない癖がついていますから」

淋《さび》しそうな顔で織田は言った。

織田は土曜日のことで少しはへこんでいるのかもしれない。

織田はわざわざ一階の出口まで送ってくれた。

霞ケ関の駅へ向かう夏希の頭上に、都心の冬の陽差しがあたたかく降り注いでいた。

第二章　根岸分室

【1】＠二〇一八年一月三十日（火）朝

「え？　ここ？」

建物を見上げながら、夏希の声は裏返った。

ところどころにビスの錆《さび》が浮き出た波スレートの壁、軒先があちこち欠けてギザギザになった樹脂トタンの屋根。二階には網入り霞《かすみ》ガラスの窓が三箇所あるが、小さなひび割れが道路からも目立つ。

一階はガレージとなっていて、これまた錆の浮き出たスチールシャッターが下りていた。

ひと言で言えば、うらさびれた町工場のようである。

建物を雑草が取り囲んでいる雰囲気は、むしろ廃工場といったほうがふさわしい。

だが、根岸分室の住所はこの建物に間違いないし、番地から調べたスマホのマップもこの位置を指している。

夏希は一階の左端にあるアルミ戸の前に立った。何の看板も出ていない。

かるくドアノブを引いてみたが、カタカタ音がするが、扉は開かなかった。

となれば、左手に真っ直ぐ続いている外階段を上って二階へ上がるしかない。

夏希は勇気をふるって青い塗装の剝《は》げ落ちた階段を上り始めた。まさか踏み板が落ちたりはしないだろうが、鉄と鉄の軋《きし》み合う音が不快に響く。

二階に上がってみると、一階と同じようなアルミ戸が設けられ、右手に白いアクリル板の細長い看板が取り付けられていた。

黒い活字で「神奈川県警察刑事部根岸分室」と刻まれている。

間違いない。自分の目指していた建物はここだったのだ。しかし、予想とはかけ離れたわびしいたたずまいである。

ふつうの住宅のようなインターホンが看板の隣にあった。

赤く四角いボタンを、夏希はいくぶん緊張しながらゆっくりと押した。

「はい」

ひくい男の声が返ってきた。

ホッとする思いで、夏希はインターホンに向かって話しかけた。

「科捜研の真田と申します」

すぐに扉が音を立てて開かれた。

夏希はドキドキしながら扉の向こうを見た。

そこには背の高いがっちりとした体格の男が立っていた。

年頃は四十前くらいか。織田と同じような年頃に見える。

目を見開いた男は夏希の顔をまじまじと見つめた。夏希の美貌《びぼう》に惹《ひ》かれたというような表情ではなかった。だが、男はすぐに無表情に戻った。

シャープなあごの線が目立つ輪郭の中で、大きめの両眼が光っている。高い鼻と引き締まった唇はつよい意志を持つ人物と感じさせた。

日焼けした肌の色も精悍《せいかん》なイメージを持っている。エッジの効いた容貌といえばよいか。

明るめのブラウンに染めた少しルーズな感じのミディアムロングの髪は、まったく警察官らしくない。あるいは外部スタッフなのだろうか。

「あの……上杉室長をお訪ねするように言われて参りました」

夏希の言葉を聞いた男は大きく舌打ちした。

初対面でいきなりの舌打ちは失礼だろう。

夏希は少なからずムッとしたし、顔色にも出ているはずである。

しかし、男の表情は少しも変わらなかった。

「入ってくれ」

わずかにしゃがれた声で言うと、男は親指を後ろに立てて室内を指し示した。

「わかりました」

夏希は気後れしながらも、室内に足を踏み入れた。

部屋に入ると、タバコの臭いにむせそうになった。警察機関の庁舎内は条例で全面禁煙のはずだ。さらに驚いたのは、だらしなく散らかった室内である。

十二畳ほどのがらんとした部屋に四つのスチール机が島を作っている。どの机の上にもファイルが山積みで、書類の間を分けるように二台のノートPCが起ち上がっていた。机の島のまわりには、コミック誌やDVDソフトのケースが積まれ、コンビニのポリ袋や食べ終わったカップラーメンの容器などが、だらしなく散らばっていた。

さらに左右の壁際には段ボール箱がいくつも乱雑に積まれていた。

これが警察の分室なのだろうか。男子学生のアパートだってもっと片づいているのではないか。

室内にはほかに誰もいなかった。すべての捜査員が出動中なのだろうか。

「あの……上杉室長にお目に掛かりたいのですが……」

「上杉は俺だよ」

しゃがれ声がひくく響いた。

「え……」

夏希は目を見張って上杉の顔を見つめた。

らしくない……。

刑事部の室長となると課長級で、階級も警視以上であるはずだ。

詳しく観察してもやはり上杉は四十前にしか見えない。ノンキャリアがこの年齢で警視にまで昇進することはまずない。たとえば、同じ刑事部の佐竹《さたけ》管理官は四十代の半ば過ぎだったはずだ。

しかし、黒いフリースのジャケットに、オリーブ色のマウンテンパンツ姿は、キャリアどころか警察官にすら見えなかった。

頑固な喫茶店のマスターか、こだわりまくりの登山用品店の店主と言ったら、多くの人は納得するかもしれない。

部屋の奥にあるくたびれたチョコレート色のレザーソファに、上杉はどかっと座った。

「突っ立ってないで座れば」

無愛想な声に、夏希は仕方なく上杉の対面に腰を下ろした。

「失礼します」

テーブルの上のガラス灰皿からはもうもうと紫煙が立ち上っている。

上杉はタバコを手に取ると深く吸って煙を吐き出し、灰皿でこねくって乱暴に消した。

「織田には断ったんだけどね」

上杉は夏希の目を真っ直ぐに見た。

「はい？」

「あんたのことは要らないって返事してあるんだ」

眉間《みけん》に縦じわを寄せ、不愉快そうに上杉は口を尖《とが》らせた。

不愉快なのはこっちのほうである。

いったいどういう男だろう。

「ＴＥＧⅡ東大式エゴグラム」テストを試みれば、結果は火を見るより明らかだ。

エゴグラムは人間が持つ因子をＰ（Parent）、Ａ（Adult）、Ｃ（Child）の三つに分け、五十三問の質問に対する被験者の回答によってその優位性に基づいて性格分析を行う。Ｐの要素をさらにＣＰ（批判的な親）、ＮＰ（養育的な親）に細分化し、Ｃの要素をＦＣ（自由な子ども）とＡＣ（順応した子ども）に分類する。

この五つの要素の偏りを把握することで、被験者の性格を分析するメソッドである。

織田はおそらくＮＰ優位型だと予想しているが、質問するまでもなく上杉は正反対のＦＣ優位型に分類されるはずだ。

要するに身勝手で無礼千万な男であることは間違いない。

「大友参事官からも上杉さんのところへ伺うように言われています」

上杉は唇の端を歪《ゆが》めるようにして笑った。

「ここに来てもらっても、仕事はないよ」

「でも……」

はいそうですかと帰るわけにはいかない。

「ま、上から言われたんじゃ帰るわけにもいかないだろう」

「もちろんです。わたしはこちらで今回の事件の捜査に当たるようにとの命令を受けています」

　上杉はしばし沈黙した。

「三崎署に帳場が立っているのに、なんで俺たちが別に捜査しなくちゃならないんだと思う？」

「たしかに奇妙な話だとは思っています。大友参事官は特殊事情があるので、根岸分室が併行調査をすることになったとおっしゃっていました」

　上杉は皮肉めいた笑いを浮かべた。

「警察庁《サッチョウ》の連中もあんたをここへよこすくらいなら、初めからすべてを話せばいいのにな」

「教えて下さい」

「後で話す」

「わたしも捜査に力を尽くして凶悪な犯人を捕まえたいんです」

　夏希が熱を込めて言うと、上杉はにやっと笑った。

「あんたを追い返すわけにもいかねぇしな」

「あたりまえです」

　夏希は憤然として食って掛かった。

「あたりまえか……」

　なぜか上杉は急にシリアスな顔になった。

「ちょっと出かけるぞ」

いきなり上杉は立ち上がった。

「え？　どこへ？」

「ドライブだよ」

「は……？」

冗談なのだろうが、いったいどこへ出かけるというのか。

「いいから従《つ》いて来い」

上杉は部屋の隅に立っている木製のコートハンガーに掛かっていたアイスブルーのマウンテンパーカーを取って羽織った。

わけがわからぬまま、夏希は上杉の後に続くしかなかった。

扉に施錠すると、そのまま上杉は外階段を下りてゆく。

上杉が履いている靴のソールが踏み板を鳴らす音が派手に響いた。

階下へ下りると、上杉はガレージのシャッターを両手で押し上げた。

ギギギと嫌な音がしてシャッターが開いた。

奥の壁に穿《うが》たれた窓から入る光に、一台の大きなクルマとバイクの影が浮かび上がった。

上杉の後に続いて、夏希はガレージへと足を踏み入れた。

オイルと埃《ほこり》の入り混じった匂いが鼻を衝《つ》いた。

目の前に停まっているクルマは、クロスカントリータイプの四輪駆動車だった。うすらでかいステーションワゴンだが、グレーメタリックのボディは角張っていて、ちょっと古い型のように思える。フロントグリルの真ん中にはトヨタのエンブレムが光っていた。

特殊車両を意味する8ナンバーでなく3ナンバーだが、シルバーメッキのガーニッシュなどがない地味な外装からしても公用車らしく見える。

「乗ってくれ」

上杉は部屋に招き入れたときと同じように親指を後ろに立ててクルマを指し示した。

夏希は助手席側のステップに足を掛けてよじ登るようにして車内に入った。

タバコの臭いの染みついたビニールレザーのシートに身をあずけると、黒一色のシンプルなダッシュボードが視界に入ってくる。

目の前には大きな無線機が据え付けられていた。パトカーでよく見かける機種より旧型だった。

上杉がイグニッションを廻《まわ》すと、大排気量ガソリンエンジンの低い轟《とどろ》きが響き始めた。

クルマは勢いよく飛び出し、日石前《にっせきまえ》という交差点から中通《なかどお》りへと入った。

磯子《いそご》方向へと進む二車線の中通りは、朝の通勤ラッシュも終わったためか双方向とも順調に流れていた。

堀割川《ほりわりがわ》の橋を渡ったところで左折して、左手に運河のような川を見ながら南下すると、目の前に首都高湾岸線《わんがん》が近づいて来た。

右左折するときなど、上杉はかなりのスピードを保ったままでコーナーに突っ込んでゆく。最初は怖かったが、夏希の身体が極端に振られることはなく、クルマの挙動は安定していた。

よくはわからないが、上杉はかなり運転が上手なようだった。

高速の下の側道に入ると、大型トラックが目立つようになり、土砂を積んだダンプカーも少なくなかった。

小気味よくすいすいとクルマは大型車を追い越してゆく。

左手の車窓には大きな工場が次々と流れてゆき、クルマは磯子出入口から湾岸線へと入った。

本線への進入には集中力が必要だろうと考え、夏希は黙り続けていた。

上杉は話しかけると、わりあい普通に答えるが、自分からはあまり喋《しゃべ》ろうとはしない。そもそも声を掛けにくい雰囲気をつよく感じさせる。

車内には回転の上がったエンジンの音と路面のギャップをタイヤが拾う音ばかりが響いている。スピードが上がると、ボディが風を切る音が加わった。

本線は比較的空《す》いていて、上杉は走行車線を制限速度ちょうどで走り続けた。

「どこへ向かっているんですか」

そろそろ何か言葉を交わすべきだと考え、夏希はとりあえずの問いを口にした。

「海さ……」

「あ、今回の現場ですか」

「そういうこと」

相変わらず説明不足な男だ。

それきり上杉は口をつぐんだが、夏希はなんとか話の接《つ》ぎ穂を探した。

「このクルマって公用車なんですよね」

「いちおう覆面さ。機捜で使ってたのを廻してもらったんだけど、十年落ちのボロ車だよ。時々機嫌が悪くなる」

上杉はかすかに笑った。

「あの……根岸分室のメンバーって何人くらいなんですか」

もっと聞きたかったのはこちらの質問だった。

「聞いてないのか。俺一人だよ」

上杉は横顔にかるい驚きの表情を浮かべたが、夏希のほうがよっぽど驚いた。

「そんな部署があるなんて……」

「分室なんて言うと聞こえはいいがね。要するに流刑地さ」

「え……」

詳しいことを問いたい気持ちは山々だったが、上杉の横顔に漂う雰囲気はあまりにも乾いていた。夏希は問いを変えることにした。

「今回の事件の特殊事情について教えて頂けませんか」

「後で話すよ」

にべもない調子で上杉は答えた。

「いまじゃダメなんですか」

夏希はあきらめずに食い下がった。

「後で話したほうがいい気がしてるんだ」

「わかりました」

上杉の表情はまじめだった。なにか考えがあるならそれに従おう。

「しかし、警察庁の連中はどういうつもりなんだろうな。あんたみたいなひよっこを俺と組ませるなんてな」

ひよっこには違いないので異論はなかったが、新たに生じた不満を夏希はぶつけた。

「あの……あんたって言うのやめてもらえませんか」

怒鳴り返されるかと覚悟していたが、上杉は唇を歪《ゆが》めて笑っただけだった。いずれにしても感じの悪いことに変わりはない。

「真田は学者というか、インドア派というか、そんな女だろ……」

「わたしが捜査員として力不足なことは間違いないと思います。けれど、犯人逮捕のために力を尽くします」

「俺はそういうことを言ってるんじゃない。拳銃《けんじゅう》ひとつロクに撃てんヤツを俺のところへよこす織田の気が知れないんだ」

あきれ声で上杉は言ったが、夏希の心には不安がわき起こった。

夏希が職務で拳銃を携帯したことはない。初任科研修の拳銃発射訓練では、どうしても引き金を引けなかった。教官が無理やり一発だけ銃弾を発射させたが、弾丸は天井方向に向かい、研修は途中で終了してしまった。

心理分析官である夏希は、拳銃などには縁がない職掌だと信じていた。

「今回の事件はそんなに危険なことが予想されるんですか」

夏希の声はこわばったが、上杉は気楽な口調で答えた。

「初めから危ないと思ったら、織田だって真田をよこしたりしないだろう」

「じゃ、なんでそんなことおっしゃるんですか」

「俺が担当する事件《ヤマ》は、なぜか最後には銃を抜くはめになる」

前を見つめたまま上杉は表情を変えずに言った。

「まさか……」

日本の警察は銃器を使用しないことで世界的に抜きん出ている。最後に銃を抜くはめに陥る事件など滅多に起こるものではない。

「まさかって話だよ……まったく」

上杉はにやっと笑った。

要するにこれは上杉の下手くそな冗談なのだろう。彼としては夏希のような新米で心理分析官などというわけのわからない捜査員と組まされることが心外なのに違いない。

　夏希はジョークで答えることにした。

「じゃあ、織田さんがわたしに警察官としての成長を願って、銃撃戦の体験をさせようとしているわけじゃないんですね」

「織田はそこまで人が悪くないさ」

　今度も上杉の表情はまじめなものだった。

　そんな話をしているうちに、車窓の景色から工場や倉庫が減って分譲住宅地が増えてきた。

　首都高湾岸線は八景島《はっけいじま》シーパラダイスや海の公園に近い幸浦《さちうら》で終わっている。クルマはそのまま三浦半島を縦断する横浜横須賀道路へと入っていた。

　土曜日の記憶が一種、夏希の心をよぎった。

「織田さんと親しいんですか」

「むかしはよく飲んだり喧嘩《けんか》したりしたよ」

　淡々とした口調で上杉は答えた。

「意外……織田さんが喧嘩するなんて」

　織田が他人と喧嘩するところが想像できなかった。

「いや、喧嘩してるのは俺だけさ。ヤツにとっては一種のディベートだろうな」

「あ。そういうことですか」

要するに口論のことを言っているのだ。

「俺が本気で織田を殴ったら、ヤツは一ヶ月は休職だろうよ」

「へぇ……上杉さんって強いんですね」

あまり皮肉な調子にならないようにリアクションしてみた。

「違うさ。織田が弱いんだ。あいつは頭はいいけど、身体能力はからっきしだ」

キャリア警察官が職務上で問われる身体能力は、不眠不休でいつまでも頭脳をフル回転させる力や、疲労困憊《こんぱい》の時に大きな判断を迫られても過たぬようなタフさである。織田はその点では優れた力を持っていた。だが、上杉の言っている身体能力とは、端的に言えば腕力のことなのだろう。

夏希はいままで織田の腕力が試されるような場面に出会ったことはなかった。

「織田さんとはつきあい長いんですね」

いままで知らなかった織田のことがわかるかもしれない。夏希は少し期待して訊《き》いた。

「ああ、ずいぶん長くなるな」

上杉は素っ気ない調子で答えた。

やはり上杉はキャリアなのだろうか。だが、いまも彼は自分のことには触れてほしくなさそうなオーラを濃厚に発していた。

クルマは順調に南へと進んでゆく。釜利谷《かまりや》ジャンクションを過ぎたあたりからは驚くほどの照葉樹の森が続いている。磯子で高速に乗ってから十五分足らずで、こんな緑豊かな景色に出会えるとは思っていなかった。

森が切れると、大きな分譲住宅地が現れ、ふたたび森が続く、そんな景色のなかをしばらく走って、クルマは横浜市から逗子市、横須賀市へと進んだ。

佐原《さはら》ICというところで一般道に入り、ふつうの住宅地をしばらく進むと、いきなり視界に青く明るい色彩が飛び込んできた。

交差点の向こうで、陽光を受けた海面がガラスの破片をちりばめたように輝いている。

「海ですね」

つい夏希ははしゃいだ声を出してしまった。

やっぱり海の景色に出会うと気分が高揚する。

上杉は無表情のまま、青信号の交差点でステアリングを右に切って広い道路へと入った。

光あふれる海沿いの道をクルマは南へと走り始めた。

助手席に座る夏希の左手の車窓すぐ横に海が続いている。

道路脇に国道一三四号という標識が見えた。

「この道って江の島の前を通っている国道なんですね」

国道一三四号は昨夏の事件で、小川のクルマで何度か行き来した。土曜日のドライブでも通った。だが、こんな場所を通っているとは意外だった。

「そうだよ。一三四号線は横須賀の東京湾側で始まって、三浦半島を真ん中あたりでぐるりと回るんだ。それから相模湾沿いに葉山、逗子、鎌倉、藤沢《ふじさわ》と西へ進んで大磯《おおいそ》で終わっている」

「あ、そうか。三浦半島って東側は東京湾で西側は相模湾に面しているんですね」

「このあたりは長沢《ながさわ》海岸といって東京湾側だ」

上杉はそんなことも知らないのかという顔をした。

「東京湾と相模湾って違いますか」

「あたりまえだろ。海の色がぜんぜん違うじゃないか」

上杉はあきれたような声で答えた。

「色が違うんですか」

「外海の相模湾のほうが水が澄んでいるから色が鮮やかなんだよ」

だが、やや明るい藍色《あいいろ》に染まった海は、夏希の目からはじゅうぶんにきれいに見えた。

むろんのこと、いま走っている場所からは相模湾が見えるわけはなかった。そもそも今日はいくらか雲が多く、土曜日とは光の加減も違う。海の色の違いを比べることなどできるはずもない。

左手には意外なほど近くに房総《ぼうそう》半島の緑の山並みが続いている。進行方向には海を隔てて三浦半島の先端へと続く山が見えている。

上杉が少し窓を開けた。潮の香りが車内に忍び込んでくる。

小さな漁港や海水浴場の看板が通り過ぎてゆく。空には白いカモメの姿も見える。

夏希は函館空港から市内へと続く国道二七八号線を走っているような錯覚に陥った。目的地と運転している人間が違えば、なんともご機嫌なドライブになるところだ。

「東京湾と相模湾ってどこに境界線があるんですか」

ふと気になって夏希は訊いてみた。

「現場さ」

上杉はさらりと言った。

「え……剱崎海岸っていう場所が境界なんですか」

「一般的には房総半島の館山《たてやま》にある洲崎《すのさき》灯台から、三浦半島の剱埼《つるぎざき》灯台まで引いた線を境界としている。ちなみに今回の事件が起きた場所はぎりぎり相模湾側だ」

「現場付近の海の色はどうなんですか」

ちょっとからかってみただけだが、上杉はまじめな顔でかるくうなった。

「どっちつかずだな……」

「なるほど……」

「俺とおんなじような色だ」

意味がよくわからないが、上杉の表情はまたも乾いていた。

どうも上杉は冗談を言っているのか、本気なのかよくわからない発言が多い。

一三四号線は海から離れて右手の台地へと上ってゆくが、クルマはそのまま県道に入って海沿いを進んだ。小さな漁港のところで県道も台地へと上っていった。

車窓の風景はひろびろとした畑地へと姿を変えた。青々とした蔬菜《そさい》の葉が続いている。そう言えば近所のスーパーで三浦大根を売っていたことを思い出した。三浦半島は大根やスイカの産地だったはずだ。

信号のない小さな交差点でクルマは左折して農道のような道へ入っていった。

そう言えば、上杉はカーナビを見ているようすがない。現場への経路は頭の中に入っているようであった。

ぽつりぽつりと住宅が建っているが、道路の左右はキャベツ畑がひろがっていて人家はほとんど見えない。

営農トラックが道ばたに乗り上げるように停めてあったが、人影は見えなかった。

それでもクルマがなんとかすれ違えるくらいだった道幅がぐんと狭くなると、左手前方の林の向こうに白い灯台が見えてきた。

「あの灯台って」

「そうだ……剱埼灯台だ」

いまは海も見えないが、現場はすぐそこだ。

夏希は全身が引き締まるのを感じた。

【2】

右手に現れた駐車場に鼻先を向けて上杉はクルマを停めた。

灯台への観光客目当てと思《おぼ》しき駐車場だが、季節外れの火曜日とあってほかにクルマは見当たらなかった。

「この先は狭いんでな。歩いたほうがいい」

上杉は独り言のように言ってエンジンを止めた。

「大丈夫です。歩ける靴履いてます」

どうせ歩く羽目になるのだ。夏希はおしゃれは犠牲にして、今日もネイビーのレザースニーカーを履いてきた。モールドソールには多少の滑り止め効果もある。

クルマを下りると少し距離を置いた左手から潮騒《しおさい》が響いてくる。

南から吹くそよ風に乗ってさわやかな潮の香りが忍び寄ってきた。

看板には有料駐車場とあるが、料金を徴収する人物の姿は見えなかった。

上杉が先に立って細い道の続きを歩き始めた。

予想していたのとは違って、上杉はゆったりとした歩調で歩く。まるでのんびり散歩に来ているような足取りに夏希は歩みを調整しなければならないほどだった。

駐車場を経営しているらしい商店が建っていたが、ガラス戸は閉められて営業している気配は感じられなかった。

道の両側には枯れススキが茂り、舗装路部分へはみ出している。あまりクルマが通らない雰囲気が色濃く感じられた。

百メートルほど進むと右手に折れる小径《こみち》があった。

谷間を隔てて水平線が延びている。海岸へと下りる道だ。

「この下だ」

上杉は無表情を保っているが、夏希は気が重くなっていた。

もちろん、とっくに実況見分も終わっていて、現場に死体が残っているわけではない。

いつぞやのようにいきなり死体に出くわしてひっくり返る恐れがあるはずもない。だが、一人の人間が殺された場所に向かう夏希の胸は厳粛な気持ちに覆われていた。

左手の丘から剱埼灯台の先端部分が頭を出している谷あいは、思ったよりもずっと広く明るい。磯へと下る道はゆるやかだった。

青い空に綿雲が浮かび、水仙やノースポールの白い花が咲いている小径は一見のどかにも感じられる。

だが、陽が暮れ落ちてからのこの谷あいを想像すると、あまりにも人気《ひとけ》がなく淋《さび》しい場所に思える。土曜日の葉山港とは大違いだった。

坂を下りてゆくにつれて、岩礁が波を砕く音がどんどん大きくなってきた。

クルマが通れる道はすぐに終わり、そこから先は人が歩くしかない道が続いていた。

上杉は黙って右手の人一人がやっと通れるような道へ入っていった。

左右には地層がくっきりと浮かび上がった海食崖《かいしょくがい》が垂直に切り立っている。

真下には野菜の植わっていない茶色い畑地がひろがっている。錆《さ》びたトタンで作られた小さな作業小屋がぽつんと建っているだけで、ここにも人影はなかった。

畑地の向こうにはU字型の谷が口を開けて、荒れた草地と岩礁を隔てて青い海がひろがっていた。

海岸へと下りてゆくと土の道が尽きて、目の前に一面の岩場がひろがった。白茶けた岩棚の一部には波蝕《はしょく》棚が浮き出ている。潮だまりがいくつも見られ、たまった水が空の色を映して青く光っている。

岩場の入口の看板には「関東ふれあいの道」というやさしい名称とともに、「この先落石注意」だの「高波時危険」だのとおだやかならぬ文言が並んでいた。

岩棚の向こうには藍色の海がひろがり、水平線上には島影が見えている。潮だまりが多いためか、あたりには磯臭い匂いが強く漂っていた。

遠くからはわりあいと平たく見えていた岩棚も実際に足を踏み入れてみると、かなりの凹凸があって滑りやすかった。

モールドソールはなんとかグリップしてくれたが、注意していないとスリップして大怪我になりそうだった。

両手を広げてバランスを取りながらおそるおそる左右の足を運ぶ。

今度からはこんな中途半端なレザースニーカーではなく、ちゃんとしたトレッキングシューズを履いてこようか。

しかし、どんなボトムスなら似合うというのか。夏希はアウトドアファッションの研究をしなければならないと感じていた。しかし、それは決して楽しい話ではなかった。

マテリアルひとつとってもまったく知識がないからだ。

夏希にはまったく気を遣うようすもなく、上杉は軽々と先を歩いてゆく。

わずかに小高いピークの上で上杉は立ち止まった。

「ここだ」

上杉は真下の岩棚の真ん中あたりを指さして言葉を継いだ。

「あそこに少し突き出た小さな岩があるだろう。被害者《ガイシャ》は岩の手前あたりに海の方向を頭にしてうつ伏せに倒れていた」

上杉の指さした岩から五メートルくらいのところが波打ち際で、海はおだやかだったが、それでも白い波が砕けている。

「波打ち際まで五メートルくらいの場所ですね」

「今日の満潮は十四時過ぎだから、ほぼ潮が満ちている状態だ。犯行のあった一月一日の二十三時過ぎはほぼ干潮だったから、死体から波打ち際までの距離は、いまより数メートルは遠かっただろう」

「そうは言っても海ギリギリですね」

「ああ、この岩棚から夜間に海に落ちたら、どんなに泳ぎがうまくても無事では済むまいな。まずはそのまま波にさらわれる」

上杉はそのまま岩に腰を下ろし、タバコを取り出して火をつけた。

紫煙が漂い始めたが、上杉はなにも言わずに海を眺めている。

夏希としては現場観察をするべきだと考えた。

「ちょっとこのあたりを歩いてみます」

「お好きにどうぞ」

海を見つめたまま、上杉は背中で答えた。

やはり感じの悪い応答は変わらない。

上杉のことは放っておいて、夏希はあたりをぐるぐると歩いてみた。

とは言っても足元が悪いので、たかだか十メートルくらいの円を描いたに過ぎない。

十分ほど夏希は黙って周囲を観察していた。

直感的に浮かんだ感覚は「恐怖」であった。

深夜にこんな場所に連れてこられるだけでも恐怖であろう。だが、そういった具体的な恐怖ではなく、もっと抽象的なものを夏希は感じた。

いまはおだやかな景色だが、夜はおそろしく淋しい場所に違いない。

ゴツゴツした岩棚も左右の海食崖もきわめて厳しい自然の力を感じさせる。人間が無力に思えるような、そんな場所であることは間違いない。

元の場所に戻ってくると、上杉は向き直って真っ直ぐに夏希の目を見つめた。

「真田はこの現場からどんな印象を受けた？」

眼光は光っていた。眉《まゆ》を寄せた表情はまじめなものにしか見えなかった。

「はい……」

自分のことを厄介なお荷物くらいにしか考えていないと思っていただけに、夏希は戸惑った。

「教えてくれ」

低く強い声音で上杉は促した。

「恐怖です」

「堀尾の恐怖という意味か」

「もちろん、堀尾さんはここで強い恐怖に陥ったでしょう。でも、そもそも恐怖を誘う場所に連れてこられた上で堀尾さんは殺されたと考えます」

上杉は目顔で続きを促した。

「つまり、この場所そのものが恐怖のイメージを持っていると思います」

「なるほど……」

「そもそも恐怖という感情は、不快感と並んで自分の身に降りかかる危険を事前に予測し、これを回避するために生じます」

「どういう意味だ？」

「たとえば、道路に飛び出してクルマにはねられそうになった子どもは恐怖を感じます。その恐怖を覚えているからこそ、クルマに気をつけて簡単には道に飛び出さない行動を取るようになります」

「そうか……」

上杉は目を見張った。

「恐怖の体験は恐怖記憶となって、次に同様の危険が近づいたときにこれを回避しようとする行動を生みます。つまり、恐怖は人間の自己保存本能から発する感情なのです」

「わかるぞ。銃弾が近くに当たったときの恐怖を知れば、真剣に回避行動や防御行動を身につけようとするようになる。恐怖を知らないで、銃をもてあそぶヤツはいずれ死ぬ」

上杉は得たりとばかりにうなずいた。

あまりにも極端でわかりやすい具体例で、夏希は内心でおかしみをかみ殺して言葉を続けた。

「でも、もっと抽象的な恐怖感もあります。たとえばかすかに低く轟《とどろ》く自然音に恐怖を感ずるのは、遠雷や土砂崩れ、鉄砲水などの自然災害を予感して、これを回避しようとする心の動きだと言えます」

「これまた似たような経験があるな。ビルの屋上からいきなり突き落とされる恐怖を味わえば、相手がか細い女でも、まずは油断なく身を守ろうとするようになる。たとえ、ただの一度でもな」

上杉はしきりとうなずいている。

ちょっと話が違うような気もするが、いったいどんな事件だったのか。

「この恐怖記憶の形成には、脳幹にある青斑核《せいはんかく》と呼ばれる脳領域から分泌されるノルアドレナリンというアルカロイド系の神経伝達物質が重要な役割を果たしています。この物質が過剰に分泌されると、交感神経系が異常に活性化して心拍数が増加するなどの身体反応が起き、闘争的な感情をも引き起こします」

「そうか……だから脅えているヤツは凶暴になってナイフなんぞ抜いてくるわけか。窮《きゅう》鼠《そ》猫を嚙《か》むのは、ノルアドレナリンのせいなんだな」

どうも極端な話が多いが、そういうケースも当てはまるだろう。

「この恐怖記憶は危険回避のためには必要ですが、それ自体が強いストレスとなるばかりでなく、いつまでも薄らぐことがないとさまざまな問題を生じます。不安障害などの精神疾患の原因となることもあります」

「まぁそうだろうな。怖い記憶や嫌な記憶が薄れなければ、警察官なんぞやっていられんだろう」

「恐怖記憶が人間にとって必要がなくなると、消去学習という機能が働いて弱まります。ところが、恐怖記憶の形成と消去には、青斑核のニューロンのなかでも別の細胞が働いていることが明らかにされました。つまり、恐怖細胞と消去細胞は異なるものだったのです」

上杉は黙ってうなずいた。

「このメカニズムは二〇一四年に日本の理化学研究所の脳科学総合研究センターのチームが発見したものです。この発見により消去細胞を活性化して恐怖記憶を弱めるような可能性が期待されています。つまり人間の力で恐怖を事後的にコントロールできるようになるかもしれないのです」

「そんな薬ができたら、ぜひ俺にも処方してほしいものだ。怖い記憶が薄らぐなんて素晴らしいじゃないか」

ちょっとやそっとでは恐怖など感じそうもない上杉が言うとおかしかった。

「ちょっと話が逸《そ》れてしまいましたが、この岩棚はいろいろな意味で、訪れた人間に恐怖を与えるような場所だと感じます。抽象的な意味で回避しなければいけない危険が多い気がするのです」

「どういうことだ？」

「岩で転倒しないか。潮だまりに落ちないか。波にさらわれないかといったような具体的な危険ももちろんありますが、左右に迫る地層むき出しの断崖《だんがい》や、あちこちで凸凹を作っている岩棚そのものにも迫力があります。さらに岩礁に当たる波の音など、太古から人間が恐れてきた自然の脅威のようなものを強く感じさせます」

「このあたり一帯の岩棚は関東大震災の時に海中から隆起してできたものだそうだ。たしかに自然の力によるものだな」

「そうなんですか。知りませんでした」

上杉はふたたびタバコに火をつけて灯台の方向へ目を向けた。

「だいたい灯台が立っている場所なんてのは、激しい地形の場所がほとんどだな」

そのまま黙っている上杉に、夏希は話題を変えることにした。

「ところで、被害者は銃で撃たれて亡くなったんですよね」

「そうだ。後頭部を撃たれてほぼ即死状態だった」

「上杉さんは被害者がこの場所に自分で来たと考えますか」

夏希はこの現場に来た時から気になっていたことを尋ねてみた。

「まずあり得んだろう。正月早々、厳寒の深夜にこんなところに月見に来る馬鹿はいない」

「月見？」

「一月一日は十五夜で、神奈川県では空もよく晴れていた」

「あ、翌日の二日はスーパームーンでしたね」

軌道の関係で月が地球に接近することにより、見た目の月の大きさが最大になる満月を俗にスーパームーンという。その夜は夏希も舞岡《まいおか》の自室から輝く満月を見上げた覚えがあった。

「だから、事件は暗闇の中で起きたのではない」

「とすれば、ある程度はここの岩棚を取り巻く景色も見えていたわけですね」

「元日の晩はよく晴れていたし、相当に視界は利いたはずだ。真田が指摘していたような景色は犯人も堀尾も目にしていたに違いない。さらに、もし仮に誰かがこの谷に下りてくれば、犯行を目撃することができただろう」

「でも目撃者はいないんですよね」

「剱崎自体が夜間はカップルも来ないような場所だ。灯台ならともかく、陽が暮れてからこの谷に下りてくる者などいるはずもない」

「被害者の堀尾さんは犯人に拉致《らち》されてここに連れて来られたと考えていいんですよね」

「大友が言っていたと思うが、まず百パーセントそうだろうな」

「だとすると、後頭部を撃たれているということは、逃げるところを、後ろから射撃したということではないでしょうか」

「逃げるところとはどういう意味だ？」

「あえて逃がして、逃げ惑うところを射殺したのではないかと思うんです。猫が捕らえた鼠をなぶるような感覚を持っていたようにも思えます」

「つまり殺人に一種の快楽を求めていたということか」

上杉は意外だという声を上げた。

「もしくは、堀尾さんに最大限の恐怖を与えたかったのかもしれません」

「うーん、それは一理あるが、犯行態様とは相容《あいい》れない」

上杉は首をひねった。

「大友参事官はプロの犯行ではないかと言っていました」

「そうだ。被害者は後頭部に弾丸を二発ぶち込まれて即死した」

「それはプロのやり方だと」

「ああ。頭部や心臓などの急所を二発続けて撃つのは、一発に比べて格段に致死率が上がるからだ。まずは百パーセントだ。銃に慣れていない者にはそんなことは考えもつかない。おまけに、被害者の頭部にはおよそ五センチの間隔で二つの銃創が残っていた。間違いなく殺しのプロの仕事だ」

「殺しのプロってどんな人間なんですか。一般論として」

この世にそんな人間が存在するのだろうか。

「たとえばヤクザなどには、こんな技量を持つ者はまず存在しない。今回の狙撃者《そげきしゃ》は専門的な訓練を受けたスナイパーである可能性がある。捜査本部の連中は、誰かが外国人の職業的狙撃者を雇って堀尾を殺させたんじゃないかと言っている」

「捜査本部では、グレイマンという国際手配をされている殺し屋を被疑者と考えているんですよね」

「そう聞いているが、俺は違和感を覚えている」

「天罰メールの件ですよね」

上杉は目を光らせてうなずいた。

「そうだ。プロはあんな真似をしない。大友参事官にもそう言った」

「上杉さんは組織的な犯行とお考えですか」

「捜査本部では堀尾が仕事がらみのいざこざで、多国籍製薬マフィアに消されたと推察している」

「わたしもそう伺いました。でも、もしそうだとすると、なんでこんなに不便な場所を選んだんでしょうか」

「俺も同じことを考えている」

「もし、誰にも見られない場所を選びたかったのだとしても、深夜なら、たとえば崖上《がけうえ》の自動車道が終わっているあたりだって十分ではないでしょうか。わざわざこんな足元の悪い岩棚まで下りてきた理由がわかりません」

「そもそも剱崎なんて不便な場所である必要もないだろう。これもたとえばの話だが、根岸の工場地帯の海側の倉庫群などでも夜間は人気《ひとけ》がない場所はいくらでもある」

「銃声を人に聞かれるのを恐れたのでしょうか」

上杉ははっきりと首を横に振った。

「もし銃声を嫌ったのだとすれば、プロなら迷わず消音器を使うさ」

「今回の銃声を聞いた人はいないんですか」

「剱埼灯台は無人だし、さっきの商店も夜間は人がいない。この場所からいちばん近い人家は別荘で、ここも当日は無人だった。三崎署の調べでは岬の東側にある間口《まぐち》漁港付近の住人の中にも銃声を聞いた者はいなかったようだ。今回の犯行で消音器を使ったかどうかははっきりしないが……」

「わざと逃がして後ろから撃ったという、わたしの考えは間違っていますか」

夏希にも強い自信があるわけではなかった。

「いや、間違ってはいないだろう。あえて逃がして後ろから撃った理由は思いつかんが、司法解剖の結果では堀尾の足首はねんざしていた。いままでは拉致の過程で怪我をしたものだと考えていたが、この岩棚で銃で狙われて逃げ惑う際に負傷したという説は成り立つ」

「でも、そんな行動は、たしかにプロのスナイパーにはふさわしくありませんよね」

上杉は大きくうなずいた。

「ここまで拉致してきた理由もよくわからんが、堀尾を縛っておいてちょっと離れた距離から心臓でも撃てば済む話だ。犯人はなんでそんなことをしたのか」

上杉は空を見上げた。

「犯人が堀尾さんの逃げ惑うところを撃ったのだとすると、ふたつの可能性が考えられます。ひとつは犯人が反社会性パーソナリティ障害を有している場合……」

「なんだ？　その反社会性なんとかっていうのは」

けげんな顔で上杉は訊《き》いた。

「大雑把に言うと、他人を欺いたり、他人の権利を侵害したりすることに対して罪悪感を持つことができない障害です」

「犯罪者にはいくらでもいるだろう」

「犯罪との因果関係についてはさらに詳しく研究を進める必要があります」

夏希の言葉には反応せず、話の続きを促すように上杉はあごをしゃくって言った。

「なんでそんな障害が起きるんだ？」

「実は学説は確定していないのですが、大脳前頭前皮質の一部分の機能障害であるとする説が有力視されています」

「つまり脳が壊れているのか？」

あまりに大雑把で乱暴な理解に、夏希は驚いて言葉を続けた。

「この障害を持つ患者の脳をスキャンしてみると、眼窩《がんか》前頭皮質と扁桃《へんとう》体周囲の活動が低下している傾向が明確です。原因についてはわかっていませんが、このふたつの脳内組織は情動にかかわる認知をつかさどっています」

「情動ってなんだ？」

「急激に引き起こされ、時に身体的な表出を伴う感情の動きをいいます。たとえば、怒りや恐れ、あるいは喜びや悲しみなどはすべて情動です。反社会性パーソナリティ障害を持つ人は、この機能が低下しているため、他者に対する共感性の欠如が大きいのが特徴です」

「なるほど、人の痛みがわからん人間というわけか」

「その通りです。この障害を持つ患者は、他人を騙《だま》したり傷つけたりすることに心の痛みを感じません。しかし、是非の弁別ができないわけではありません」

「とすると、知能に問題があるわけではないのか」

「ええ。ほかの脳内組織に異常が見られないことから理性的な認知の機能には問題が生じていません」

「ああ、要するにサイコパスか……レクター博士みたいな」

またもこの反応だ。サイコパスという言葉だけがどうして有名になってしまったのだろう。しかも皆が『羊たちの沈黙』を引き合いに出す。アンソニー・ホプキンスの名演技に文句をいいたいところだ。

「サイコパスという言葉は一人歩きしています。かつては多くの精神障害や疾患を精神病質として一緒くたにしてサイコパシーと呼びました。サイコパシーと診断された患者たちを強制入院させるなどして幾多の人権侵害を犯してきた歴史さえあります。また……」

上杉はかるく手を振って夏希の言葉をさえぎった。

「いまは精神医学の話をしている場合じゃないだろ」

「あ、はい……」

夏希は肩をすくめた。

「とにかく、真田は犯人が逃げ惑う堀尾を狙い撃つ行為を面白がって、つまりハンティング気分でこんな場所を選んだ可能性を言っているんだな」

「まぁ、そう言うことです」

夏希のこころの中には、『バットマン』のジョーカーのような男が高笑いしながら逃げ惑う堀尾に銃を放ち続ける場面が浮かんだ。

（いけない、いけない）

これは予断というか妄想である。こんなイメージは払拭《ふっしょく》しなくてはならない。

「もうひとつの可能性っていうのはなんだ」

「もうひとつは簡単です。堀尾さんに対して深い恨みを持っていた場合です。ただ……」

「そう。プロの犯行というのとはあまり馴染《なじ》まんな」

ぽかりと上杉は煙を吐いた。

上杉はチェーンスモーカーに違いない。左手に持っているポケット灰皿には何本目の吸い殻が入ったのだろうか。医師としては注意すべきところだが、いまの夏希は医師ではない。初対面の上官にズケズケと注意するのも気が引ける。

海風のおかげで副流煙の被害も少しは薄らいでいると思いたいところだ。

「真田を現場に連れてきてよかったな」

上杉は夏希の目を見つめながら言った。

「本気で言ってます？」

「俺だって暇じゃない。わざわざクルマを飛ばして三浦半島の端まで来たのは、新入生歓迎会のつもりじゃない」

「はぁ……」

上杉が冗談を言うとは思わなかったが、あまりおもしろくはなかった。お追従笑いができるほど夏希は器用ではない。

「いろいろと参考になった」

「ありがとうございます」

何か考え込んでいる風に上杉は黙ってしまった。

夏希はあらためて目の前にひろがる海を眺めた。

波が少し高くなったためか、太陽の位置が高くなったせいなのか、ここへ着いたときより海の藍色《あいいろ》はわずかに白っぽく変わっていた。

「どっちつかずの色ですか？」

「なんだって？」

急に声を掛けられて、驚いたように上杉は夏希を見た。

「東京湾と相模湾との色の違いの話です。この場所は灯台よりは西側だから相模湾の色に近いんじゃないんですか」

「いや。どっちつかずだ」

上杉はきっぱりと断言した。

「あの……大友参事官がおっしゃっていた特殊事情について教えて下さいませんか」

夏希の言葉に上杉は眉《まゆ》をひそめた。

「この事案はヤバいんだ」

「ヤバい？」

「絶対に他言するなよ」

「もちろんです」

「犯行に使われた十ミリオート弾を使える拳銃《けんじゅう》は、日本では少ない」

「大友参事官もそうおっしゃっていました」

「五年前に、神奈川県警の平塚北《ひらつかきた》署で押収していたグロックG29という拳銃が紛失した。こいつは十ミリオート弾が使える珍しい銃だ」

「そんな事件があったんですか」

「ああ、ある暴力団関係者が所持していたものを銃刀法違反で押収し、平塚北署で保管していた。それがいつのまにか行方不明になった」

「警察内部の犯行の可能性が大きいのですか？」

まさかと思って尋ねたが、上杉は苦い顔になってあごを引いた。

「ところが、この件は警察庁の判断でもみ消されている」

「そんな事件をもみ消すなんてことできるんですか」

上杉は鼻で笑っただけだった。

「もうわかるだろう。平塚北署が紛失した拳銃が今回の犯行に使用された可能性は否定できない。俺がそのことを大友に指摘したら、今回の単独捜査を命令して来たってわけだ」

「どういうことですか」

「犯行に使用された銃が平塚で紛失した拳銃だった場合、大友は銃の出所については徹底的に隠蔽《いんぺい》するつもりだ」

「なんで大友さんはそこまで隠したがるんですか」

「平塚のもみ消し工作の中心人物は、当時、神奈川県警の警務部長だった大友なんだよ」

「そうだったんですか……」

夏希の声はかすれた。

「捜査本部にあずけてしまえば、拳銃の出所を隠すことも難しくなる。捜査に携わる所轄の刑事たちは新聞記者たちと親しい。どこから漏れてしまうかわからない」

大友参事官の言っていたマスコミ対策の真の意味はここだったのか。

「なんか腹が立ちます」

「そうか？」

「だって、そこには保身しかないじゃないですか」

「ま、あいつはそういう男だよ」

「大友参事官のことをよく知っているんですね」

「俺はむかし、あいつの直属の部下だったからな」

「そうだったんですか」

「真田も余計なことは喋《しゃべ》らんほうが身のためだぞ」

「は、はい……」

自信がなかった。喋らないほうがいいことを喋ってしまうのは夏希にはままあることだ。

「ところで、拳銃紛失のことをどうしていままでお話しして下さらなかったんですか」

「真田の現場観察に、予断を入れたくなかったんだ」

上杉はまじめな顔で答えた。

わずかな沈黙の後、上杉はいきなり身体を元来た道へと向けた。

「帰るぞ」

「あ。はい……少し冷えてきたんで……」

潮風に当たり続けていたためか、身体に震えが出る。

「そりゃ自業自得だ」

上杉は無表情に言い捨てた。

岩棚から吹き上げてくる潮風に、夏希は震えが止まらなくなってきた。

「ごめんなさい。わたし寒くて」

「ああ、もうここに用はない」

上杉は斜面をさっさと下り始め、夏希はあわてて後を追った。

帰り道でも足を滑らせないように、夏希はそろりそろりと歩いた。

上杉は往路と変わらず、頓着《とんちゃく》せずにどんどん歩いて行ってしまう。

夏希たちはふたたび農作業小屋の横を通って車道へ戻り、駐車場へと坂道を上っていった。背中からあたたかい日差しは降り注ぐし、海風が直接当たらなかったこともあって、身体はどんどん温まってきた。

駐車場に着いた頃には、夏希の震えは止まっていた。

県道に入ったクルマは台地を下りていって東京湾沿いの国道一三四号を走り始めた。

そう言われてみれば、いくぶん海の色が緑がかっているような気がする。

上杉が黙ったままなので、夏希は訊《き》きたかったことを尋ねた。

「さっきおっしゃってた自業自得ってどういう意味ですか」

「真田のそのチャラチャラした服じゃ、フィールドワークには耐えられないってことさ」

捜査をフィールドワークと称する警察官も珍しいが、夏希としては抑えめのファッションを心がけてきただけに心外だった。

「そんなに華美な服を着ているつもりはないんですけど」

夏希は口を尖《とが》らせて反論した。

「俺は生徒指導の教員じゃないんだ。そんなことを言っているわけじゃない」

上杉は薄ら笑いを浮かべた。

「じゃあ、どういう意味ですか」

「いま急に雨が降ってきてみろ、頭からびしょ濡《ぬ》れだ。コットン素材は最悪の結果を招く。いつまでも乾かないし、身体は冷えて締め付けられる。すぐに身体が動かなくなるぞ」

「でも、こんなにいいお天気じゃないですか」

いまも窓の外の海はきらきらと光っている。

「三千メートル級の高山地帯の例を出すまでもない。俺は学生時代に北海道の霧多布岬《きりたっぷ》で、雲ひとつないほど晴れているときにクルマから出て灯台まで歩いた。ところが、灯台に辿《たど》り着かないうちに土砂降りの雨に襲われて頭から爪先《つまさき》まですぶ濡れになった経験がある。クルマから灯台まではたった三百メートルだ。雨に降られるまでは百メートルくらいだろう」

「百メートル歩く間に、快晴から土砂降りに天気が変わったんですか」

夏希は驚いて訊いた。

「ああ、急に海から巻き起こった雲が土砂降りを降らせたんだ。自然界では天候の急変はふつうだ。だから、俺はいつだって透湿防水素材のパーカーを羽織っている。いつ土砂降りの雨が襲いかかってきても大丈夫なようにな」

「ずいぶんと用意周到なんですね」

「身体が濡れると身体が冷える。いざというとき、筋肉が硬直したり攣《つ》ってしまってものの役に立たなくなる」

「いざというときって言うのは？」

「銃を使うときや、敵と格闘するときに決まっているだろう」

「そんな……ことがあるんですね」

「当たり前だろ。俺たちの仕事ってのはそういうもんだ」

上杉は顔色も変えずに答えた。

「ついでに言うと、そんな町歩き用の靴を履いてるから満足に動けないんだ」

視線を前に置いたまま、夏希のレザースニーカーを指さして難じた。

「これでもグリップ力はあるんですが」

夏希はちょっとムッとして答えた。

「お笑いぐさだ。岩で転倒して頭を打ったら生命取りだぞ。現に、山を舐《な》めているジジイやババアが毎年、何人も転倒して死んでいるんだ」

これでは、本当に、意固地な登山用品店の主人だ。

「じゃあ、上杉さんはどんな靴を履いているんですか」

「見ろ。ふつうの靴だ」

フットペダルの並んでいる運転席を覗《のぞ》き込むと、上杉は左足をちょっと前に差し出した。

茶色い革のアッパーのローカットの靴だ。ふつうのトレッキングシューズだが、やはりゴツくて無骨なデザインだ。

「レザーの下に透湿防水素材のライニングが入っているが、至ってふつうの軽登山靴だ。ただし、ソールはビブラムだ」

「ビブラムってなんですか？」

ソールの種類なのだろうが、夏希は聞いたことのない言葉だった。

「イタリアのビブラム社の製造しているソールだ。いろいろなタイプがあるが、グリップ力と耐久性にすぐれていて、たくさんの登山靴に採用されている」

「今度からそんなソールの靴を履いてきます」

「まぁ、怪我したくなかったらそうするんだな」

上杉はにこりともせずに、カーブに沿ってステアリングを切った。

夏希は情けなくなった。トレッキングシューズだって可愛いものはたくさんある。上杉のようなゴツい靴を履かねばならないかと思うと、涙が出そうになった。

帰路は順調だった。昼前にはクルマは根岸の中通りに戻ってきた。

上杉はクルマをいきなり左に寄せた。

「ここは根岸駅だ」

「ええ、この駅から分室まで歩きましたから」

根岸駅前という交差点だった。

横断歩道の向こう側に、見覚えのある駅へと続く道が見えている。

「今日はもういい」

上杉は夏希の顔を真っ直ぐに見て言った。

「え……どういうことですか」

「帰っていいって言ってるんだ」

夏希は我が耳を疑った。

「え……まだお昼前なんですけれど」

驚いて夏希は尋ねた。

「今日はもう真田に用はない」

上杉は素っ気なく言った。

「ちょっと待って下さい。わたしは役立たずというわけですか」

夏希は腹が立ってつよい言葉をぶつけた。

「ま……今日はそういうわけだ」

にやっと笑って上杉は肩をすくめるような仕草を見せた。

「でも、少なくとも五時までは勤務時間なんですけれど」

「どこかで適当に時間を潰《つぶ》していればいい」

「職務専念義務違反になっちゃいます」

初任科研修で習った言葉だ。公務員は自分の職務に専念しなくてはいけない義務がある。それは労働契約上のものではなく、法律上の義務であるという話だった。

「そんなことはどうだっていいだろ」

上杉は鼻で笑った。

「どうだってよくありません」

「気が済まないなら、科捜研へ帰ればいい」

「そんなことはできません」

役に立たないから帰れと言われたなどと、どんな顔をして山内所長や中村科長に報告すればいいと言うのだろう。

「じゃあ好きにしろ」

取り付く島もない上杉の態度に、夏希は腹を立てながら助手席のドアを開けた。

「帰ります。明日《あした》は定時に出勤しますから」

夏希はクルマを降りた。

「ああ……じゃあな」

「明日は八時半に失礼な上司のもとに出勤します」

言葉を叩きつけて、夏希はドアを閉めた。

クルマは排ガスを残して中通りを東へと走り去った。

腹立ちを抑えながら夏希は横断歩道を早足に渡った。

根岸駅前のコンビニの前で夏希は織田の携帯に電話を掛けた。

「あ、真田さん、お疲れさまです」

すぐに心地よい織田の声が聞こえた。

「わたし役立たずと言われました……」

夏希は不満をぶつけた。織田は根岸分室への推薦者だから苦情を言いたくなったのだ。

「え……どういうことですか？」

「もう帰れと言われたんです。わたし別にそう言われるような失敗はしていないと思うんです」

「そうですか……」

織田の声が曇った。

「いったいどういう人なんですか。上杉さんって」

夏希の問いに答えずに織田は別のことを訊《き》いた。

「真田さん、いま、根岸駅ですね」

「ええ。駅前にいます」

「僕はいま、神奈川県警本部にいます。用事は午前中で済んだのでランチでもご一緒しませんか」

「ええ……かまいませんけど」

織田の申し出は嬉《うれ》しかった。

このままの気分で午後を過ごしたくはなかった。

だいいち勤務時間内に帰宅してもよいものか。

それに織田と会って、上杉がどういう人物であるかを知りたかった。

「最初にお目に掛かったときの《帆 HAN》を覚えていますか」

「もちろんです」

織田との初デートで行った素敵なバーだ。

「あの店でお待ちしています」

「ランチやってるんですか」

夜しか営業していない店だろう。

「仕込みのためにマスターは店に来ています。簡単なものでよければ出して貰《もら》えます」

そう言えば織田はあの店のマスターととても親しいようすだった。

「わかりました。三十分くらいでゆけると思います」

夏希は弾む声を抑えられなかった。

【3】＠二〇一八年一月三十日（火）午後

三十分後、夏希は横浜駅北口にほど近い高層オフィスビルの最上階にいた。

みなとみらい地区の入口で、運河の向こう側にはベイウォークが見えている。

ニス塗りのマホガニーっぽい木扉も、《帆 HAN》と刻まれた真鍮《しんちゅう》プレートもあのときのままだった。

「こんにちは」

「あ、いらっしゃいませ」

夏希が静かに扉を押すと、ベストにネクタイ姿のマスターが愛想よく迎えてくれた。

酒瓶の並ぶカウンターに立ってグラスを磨いている。

営業中ではないのだろうが、店内にはかるいピアノトリオが流れていた。

「お待ちですよ」

マスターが指し示す窓際の席から、スーツ姿の織田が立ち上がって歩み寄ってきた。

「真田さん、大変でしたね」

「すみません。お忙しいのに」

「いいえ、気にしないで下さい」

夏希が頭を下げると、織田はさわやかな笑顔で応《こた》えた。

お互いにプライベートに近づいた土曜日の恥ずかしさは、夏希を襲ってこなかった。

いまは頼れる一人の上司として織田と会っているという感覚が強かった。

「どうせ横浜駅まで戻らなきゃならないし、マスターとも会いたかったから、ちょうどよかったです」

「織田さんお忙しいみたいで、二ヶ月くらい顔出してなかったんですよ」

マスターは織田と同じくらいの年頃だろう。ちょっと長めの髪がすっきりとした目鼻立ちに似合っている。

「まぁ、座って下さい」

織田に促されて、夏希はいつかと同じ窓側の席に座った。

かつての事件で爆発のあった空き地では、しきりとクレーンが動いている。みなとみらい地区五十三街区では、再開発が始まって新しい建造物の建設が進んでいた。

「真田さんは優秀な方なんですってね」

「そうだよ。神奈川県警でただ一人の心理分析官だ。しかも医師免許と神経科学の博士号を持っているんだ」

「ちょっと近寄りがたいって感じですね」

マスターは眉《まゆ》をひょいと上げておどけた表情を見せた。

「織田さん、そんな話を広めるのやめて下さい」

夏希は口を尖《とが》らせて織田に苦情を言った。

「マスターだから話したんですよ」

「そうそう。こういう稼業にも、守秘義務っていうのがあるかもしれません」

マスターは笑いながら木製のトレーを夏希たちのテーブルに置いた。

セサミバンズにビーフパストラミとレタスが挟まれたサンドイッチが、白い皿の上で輝いている。

「わぁ、美味《おい》しそう」

午前中は怒りのために忘れていたが、実はかなり空腹になっていた。

「ごめんなさい。いきなりのオーダーなんで、パストラミサンドくらいしか作れないんですよ」

マスターはちょっと肩をすくめてみせた。

「そんなことないです。いきなり伺ったのに、素敵なランチを頂いて、とっても嬉しいです」

「こんな食材は常備していますからね……さぁどうぞ」

マスターはにっこり笑ってサンドイッチを掌《てのひら》で指した。

しゃっきりとしたレタスが、スパイシーなパストラミとよく合う。クリームチーズをたっぷり塗ったパンズとのコンビネーションが最高だ。

「ところで、ワインなどいかがですか」

織田はさらっと誘った。

「いえいえ、勤務時間中ですから」

とんでもないという意思をこめて夏希は右手をせわしなく振った。

「一杯くらいかまわないですよ。マスター、例のボトルを持ってきてくれるかな」

「かしこまりました」

「織田さんっ」

夏希はあわてて制したが、織田は平気の平左《へいざ》でオーダーした。

土曜日のリベンジというところか。

すぐにマスターが、右手にグラスの載ったシルバートレー、左手にワインクーラーを下げて席に戻ってきた。

銀色のクーラーのなかで氷に浸されたボトルは桜色の液体で満たされている。

「これ、イタリアのスパークリングなんですけれど、なかなか美味しいんですよ」

有無を言わせず、織田はテーブルの上のシャンパングラスにロゼワインを注いだ。

泡の白さと透明な桜色の取り合わせがとても美しい。

夏希の喉《のど》はゴクリと鳴ってしまった。

「あ……いただきます」

断れない自分を夏希は感じていた。

夏希はグラスを口元に持っていった。

ほのかな甘みとさわやかな酸味とが口のなかではじける。

「いろいろと苦労しているようですね」

織田は自分もグラスに口をつけながら言った。

「たった半日でくたくたに疲れました」

夏希は正直な気持ちを口にした。

「真田さんの顔を見ていればわかります」

「今朝、上杉さんに会ったとたん、なんて言われたと思います？」

織田はかるく首を横に振った。

「『あんたのことは要らない』です」

織田は目を見開いてのけぞった。

「たしかに上杉からは、真田さんを科捜研に戻すようにと電話がありました」

「それならなぜ……」

「土曜日の繰り返しになりますが、僕も大友参事官も、今回の事案の解決には真田さんと上杉が力を合わせることが一番よいと判断しているからです」

織田はきっぱりと言い切った。

「どうしてそう思われるんですか？」

「二人が神奈川県警きっての優秀な人材だからです。二人の能力を合わせたところで、今回の事案解決の糸口が見つかると期待しているからなのです」

織田の声は朗々と響いた。

「大友参事官がおっしゃっていた特殊事情についてご存じですか」

「それについては、僕は知らなくてよいと言われています」

織田は迷いなく答えた。

夏希は織田の瞳《ひとみ》を真っ直ぐに見つめた。

揺らぎは感じられなかった。

織田は本当に知らないのだと確信した。

だが、ここでいま喋《しゃべ》ることは憚《はばか》られた。マスターがそばにいるせいもあった。

「あのときにも話そうと思ったんですが、織田さんはわたしを買いかぶっています」

「いえ、僕だけではなく、大友参事官も同じ意見です。僕が真田さんを推薦したら、一も二もなく賛意を示されました」

夏希のいままでの仕事振りは、警察庁幹部にも報告されているのだろう。

それにしても上杉が優秀な人材とは信じがたい。

偏屈なアウトドアショップの店長というイメージだ。クルマの運転は上手《うま》いが……。

上杉という人間についてもっと知る必要がある。明日《あした》は朝からあの偏屈な男と、嫌でもつきあわなければならないのだ。

「いったいどういう人なんですか。上杉さんって」

夏希は気負い込んで尋ねた。

「上杉は僕と同期なんですよ」

「同期。警察のですか」

「そうです。僕たちは同じ年にキャリアとして警察庁に採用されました」

「やっぱり上杉さんはキャリアなんですね」

「そうです。彼は優秀な警察官僚でした」

「それが……どうして」

夏希は言葉を呑《の》み込んだ。

「あんな根岸の分室にいるかって話ですよね」

「ええ……あの分室には、ほかに捜査員もいないみたいですし……」

「あそこは隔離病棟なんです」

「隔離病棟……」

「神奈川県警の幹部は、リストラ部屋のつもりで上杉をあそこへ追いやったんですよ」

「リストラ部屋……つまり上杉さんを警察から追い出したいってことですか」

「そうです。彼を扱いかねて、廃止された機捜分駐所の建物に、わざわざ刑事部の分室なんてものを無理に設定したわけです。もともとは何の仕事も与えていませんでした」

「神奈川県警は上杉さんの自主退職を願っていたわけですね」

「そういうことです。キャリアという人種は自分の能力に少なからぬ自信を持っています。その能力を活《い》かせる舞台をいつだって求めている。何も仕事を与えられなかったら、おかしくなってしまうような人間ばかりです。ふつうなら警察を辞めて、民間企業などに第二の人生を求めるでしょう」

「な、なるほど……」

わからないではないが、キャリアの自尊心は、夏希が考える以上に大きなものらしい。

「でも、上杉には無意味でした。彼はあの分室に堂々と居座り、なんの仕事がなくても通い続けて、本を読んだりビデオを見たりして好きに過ごしてきました。神奈川県警は警視の給料を支払いながら、上杉を遊ばせているような格好になってしまいました」

それであんなに散らかった部屋だったのか。

「キャリアだった上杉さんが、何でそんなことになったんですか」

「二年前まで、彼は警察庁某課の課長補佐でした。その職にあるときに、上司の警視監の犯罪事実に当たるような不正を明るみに出したんです」

「それって素晴らしいことじゃないですか」

「ところが、周囲のキャリア幹部連中は、不正をした警視監を守って犯罪事実をもみ消そうとした。いや、その警視監を守ろうとしたんじゃない。警察の威信を守ろうとしたんです」

「警察の威信を……」

織田は警察の威信を守るために仕事をしていると言っていた。

夏希の内心を見透かしたように、織田はいくらか強い調子で言った。

「たしかに、僕は警察の威信を大切に考えています。でも、そんな不正な隠蔽《いんぺい》は、かえって警察の威信を損ねることになる。幹部の犯罪をもみ消すなんてことは許されません」

「その通りですよね」

織田から至極まともな答えが返ってきたことに、夏希はホッとしていた。

「すでに捜査に着手していた警視庁にも、つよい圧力が掛かったんです。なんと監察官までが加担しました」

「そんな……」

「ところが上杉はこれを許せず、資料を揃えて、すべてをマスコミにリークしたのです」

織田はぶるっと背中を震わせた。

その頃の夏希はまさか自分が警察官になるとは思っていなかった。その事件についての記憶はなかった。それにしても警察というところは、思った以上に隠蔽が多い場所らしい。

「結果として、くだんの警察幹部は警察を依願退職し、辞めた後には訴追されました。関連して隠蔽に走った連中もそれぞれ厳しい処分を受けたのです」

「それで上杉さんは……」

「憎みに憎まれた。幹部たちは寄ってたかって、上杉に警察を辞めるようにと迫ったのです」

「そんな……」

「だが、上杉は辞めなかった。誰に対しても辞める必要はないと言い放った。とくに落ち度のない上杉を、無理矢理に辞めさせることもできず、上杉への処分は神奈川県警への異動に留《とど》められたのです」

「神奈川県警に……」

「某部署の管理官として異動させられました。ところが、神奈川県警でも上杉は暴れてしまった。彼はことあるごとに上司と対立したのです。神奈川県警の幹部たちは上杉を持て余し、あの根岸分室を作って隔離したんです」

「それで……隔離病棟と……」

「ええ、県警幹部にとっては上杉はウィルスみたいなものなんですから」

「なぜですか？」

「彼みたいな奔放な行動を放っておくと、いろいろな悪影響が出てきます。上意下達が警察の基本です。上司に反抗ばかりしている警察官を認めれば、上司に反抗してもいいというような空気が醸成される恐れがあります。それでは警察内部の秩序はメチャクチャになってしまいます」

「ああ、わかるような気がします」

江の島署の加藤巡査部長のような警察官ばかりだとしたら、上司はさぞ困るだろう。加藤のような刑事は所轄に一人いればたくさんなのかもしれない。

「上杉がやめてくれない以上は、どこかの閑職へ追いやるしかなかったんです。でも、キャリアは採用七年で警視になります。当然ながら上杉も警視です。県警本部では課長か管理官に就く階級です。山奥の駐在所に追いやるというわけにはいかない」

「そ、そうですね」

「所轄に置くとなると、小規模署の署長か大規模署の副署長です。しかし、上杉をそんな立場に置いたら、混乱が起きるのは目に見えています」

「それでわざわざ根岸分室を作ったんですね」

「はい。だいたい一年になります。あえて刑事部に置いたのは、上杉にそれまで刑事警察に関する一切の経験がなかったからです。ご存じだと思いますが、刑事警察の捜査はもっとも経験を要する分野です」

「福島《ふくしま》一課長も叩《たた》き上げだと聞いています」

「そうです。そんな刑事部に置けば、経験のない上杉には何もできないと踏んだのでしょう。ところが、神奈川県警幹部は上杉を甘く見すぎていた……」

「ど、どういうことですか」

「上杉は一人で刑事部の事案を勝手に捜査し始めてしまったのです」

「え……受命もなくですか」

「ええ。法律上は問題がありませんからね。刑事訴訟法第一八九条第二項には『司法警察職員は、犯罪があると思料するときは、犯人及び証拠を捜査するものとする。』と規定されています。根岸分室は県警本部刑事部の分室ですから、県内どの方面本部の事案でも扱えます。上杉一人で勝手に単独で捜査をし、すでに何件かの重大事案を解決してしまっています」

「どんな事案だったんですか」

「主な事案としては強盗殺人を二件、殺人を一件です」

「たった一年間で……ですか？」

夏希は驚きの声を上げた。

「繰り返しになりますが、上杉は優秀な男なんです」

「たしかに……」

捜査能力があることは認めねばなるまい。

「それで……銃撃戦なんかも経験してるんですか」

恐る恐る夏希は訊《き》いた。

「ああ。なぜか凶暴な犯人と出くわす男でしてね。二件の強殺では銃を使う羽目になったようです。ほかにも暴力団に関わる事案で何件か拳銃《けんじゅう》を使用しています」

「銃器使用は問題にならなかったんですか」

「どの事案も相手が先に発砲してきているので、最終的には問題となっていません」

「でも……銃なんて簡単に扱えないですよね」

「上杉は銃の達人ですよ」

「本当ですか」

夏希には意外な言葉だった。

「ええ、上杉は学生時代、ライフル射撃の選手だったんです」

「大学で射撃をやってたんですか」

「日本学生ライフル射撃連盟という団体がありましてね。そこが運営している大会でもいい成績を取っていたと聞いています。小さい頃から剣道を習っててたしか有段者だし、趣味でヨットや登山もやっていた。あいつはスポーツ万能な上に勉強もできたんですよ」

「ずいぶんと上杉さんのことに詳しいですね」

「あいつは大学でも同級生というか同じゼミだった。まぁ、くされ縁というやつですかね」

織田はおもしろそうに笑った。

と言うことは、上杉も東大法学部を卒業しているわけである。

「そう言えば、織田さんとは喧嘩《けんか》したって言ってました」

「喧嘩……ああ、よく学生のときからディベートはしましたよ。政治とか哲学とか真面目な話から、どの女優さんが魅力的かなんてくだらない話までね。喧嘩と言えば、上杉が神奈川県警に異動になった後、上司と対立するのを何度かたしなめました。そんなときにはお互い興奮して喧嘩みたいになったこともあるかな……」

織田ははにかむように笑った。

「もうひとつ伺いたいんですけど」

「なんでしょうか」

「言い方は悪いですけれど、上杉さんは干されたわけですよね」

「まぁ、そう言えるでしょう」

「それなのに今回の事件で起用されたのはなぜですか」

「ええ、実は彼の有能さを惜しむ人間は警察庁幹部にも何人かおります。大友参事官はその最右翼でしょう。僕もその一人です。個人的感情としてはもちろんですが、それを除いても、僕も彼の優秀な能力が警察組織から失われることは惜しくてなりません」

「そういう人たちが上杉さんに捜査を担当させたいと願っているのですね」

「その通りです。彼がいまの場所で成果を上げれば、警察庁に戻せる機会もやってくる。むしろ、現場の経験は警察庁の幹部たちはほとんど持っていないですから、返り咲いたときには得難いものとなるでしょう」

「上杉さんは、なんだって、あんなに愛想が悪いんでしょうね」

「学生時代は女性にもモテましたよ……」

「信じられない」

「いや、あいつは、明るくはつらっとした男だったんですよ」

「干されたから、あんなに愛想が悪い人になったんですか」

「いいえ、そうじゃありません」

思いのほか強い調子で織田は否定した。

「いまみたいになったのは三十歳前後からです」

「何かあったんですか……」

「いや……よくはわかりません」

織田は低い声で答えた。

「わたし、明日《あした》から上杉さんと働いてゆく自信がありません」

夏希は正直な気持ちを織田にぶつけた。

「上杉は馬鹿な男じゃない。きっとあなたの優秀さをわかるはずだし、頼りにするはずです」

織田は熱を込めて言った。

「それまでに、わたしが療養休暇に入るかもしれません」

「脅かさないで下さいよ。そしたら僕の責任じゃないですか」

織田は身をすくめた。

「いいえ、わたしは断ることもできたのですから、織田さんの責任ではありません」

「それを伺って安心しました……」

「でも、わたし飛び出しちゃうかもしれない」

これはまさしく夏希の本音だった。

「どうか、長い目で上杉を見てやって下さい」

頼み込むような調子で織田は言った。

「頑張ります。愚痴を聞いて下さってありがとうございました」

「またつらくなったらいつでも電話して下さい」

「今日はこれからどうすればいいですか」

「帰宅して結構ですよ」

織田はあっさり言った。

「まだ勤務時間中ではないですか」

「自宅で今回の事件のことを考えてみて下さい。真田さんはそれも職務のうちです」

「そう言って頂ければ助かります。上杉さんには追い出されたし、科捜研にも戻れませんから」

「今日、上杉があなたを帰したのは、あなたと一緒にいたくなかったというようなことではないと思います」

「じゃ、どういうことなんですか」

織田に怒りを向けるべきではないが、言葉はついきついものとなった。

「はっきりとはわかりませんが、単独行動が取りたかったんだと思います」

「それにしても追い出さなくても」

「まぁ、多少はつきあいにくいところもあるとは思いますが……」

「はい、いろいろとつきあいにくいです」

本音を言うしかなかった。

「真田さんはやっぱり正直な方ですね」

たしかに土曜日も正直すぎたかもしれない。

「それって馬鹿ってことですか」

「いいえ、とんでもない」

織田はせわしなく手を振った。

パストラミサンドを食べた終えた頃には、いつもの酒量であるボトル半分のワインを飲み干していた。

ちょっとだけ千鳥足になって、夏希は織田と横浜駅へ向かった。夏希は買い物をしたかったので、改札口まで織田を送った。

「ありがとうございました。織田さんはこの後は？」

「本庁で会議です」

「霞が関ですか」

「ええ……会議が多くて嫌になりますよ」

織田は顔の端を歪《ゆが》めて笑うと、手を振って改札内の人混みへと消えた。

去年の夏に、この改札口で初めて織田と別れたときのことを夏希は思い出していた。

あのときは二度と会うことはないだろうと思っていたが、結果としてしょっちゅう会うことになっている。

それどころか土曜日はお互いにプライベートな領域に踏み込むことになった。夏希にはなんだか不思議な気がしてならなかった。

【4】＠二〇一八年一月三十日（火）夕

「あ、そうだ……」

織田と別れて夏希は気づいた。

「アウトドアショップに寄っていこう……」

まだ二時前だし、家に帰るのは気が引けた。

靴やウェアを買い換えろと上杉は言っていた。

これは上司の命令と取ってよいだろう。

「よしっ、命令遂行っ」

勤務時間中に家に帰る後ろめたさをいくぶん軽減できる。

スマホで駅に近いアウトドアショップを探して十分ほど歩いた夏希は、三階建てのビルに辿《たど》り着いた。

シューズコーナーに、インディゴデニムのエプロンを掛けた四十前後の店員が所在なげに立っていた。

「トレッキングシューズが欲しいんですけど……」

店員は夏希の顔を見て、さっと頬を赤らめた。

「え、えーと、いまの季節だから低山だよね」

舌をもつれさせて店員は訊《き》いてきた。

「低山というか、ちょっと足場の悪いところを歩きたいだけなんです」

「どんな靴を探しているんですか」

「透湿防水素材のライニングっていうのが入っていてビブラ……」

「ビブラムソールね」

「そのソールです」

「メーカーの希望とかありますか。アゾロ、メレル、ローバー、サロモンあたりかな」

すべて聞いたことのないメーカーだった。

だいいちどこの国のブランドかもわからなかった。

「クリスチャン　ディオール」

「え？」

店員は口をあんぐりと開けた。

まさかディオールがトレッキングシューズは作っていないと思うが、スニーカーは作っている。たしか十万円以上はするものがほとんどのはずだ。

「冗談です。メーカーはよく知りませんのでおまかせします」

店員は顔をしかめながら言葉を継いだ。

「ところで荷物はどれくらいまで持ちますか」

「荷物が関係あるんですか」

「シューズが壊れるのは、荷物に見合わない靴を履くからなんですよ。たとえばテン泊の場合だと二十キロ以上は背負いますよね。かなり頑丈な靴じゃないと山の中で痛い目に遭いますよ」

「テン泊って何ですか」

店員は絶句した。

「……テン泊はテントで泊まることだけど……するわけないよね……夏場の話だけど……小屋泊まり何泊くらいを予定しますか」

「あ、たぶん日帰りオンリーです」

「そうか。わかりました。ちょっとお待ちください」

五分くらい待っていると、店員は一足のフーシャピンクとグレーのトレッキングシューズを持って来た。

「このあたりでどうでしょう」

甲の部分に七つのごっつい金具が光っている。

「あの……こんなゴツいのしかありませんか」

「これかなりライトな方だけど……」

戸惑いの表情で店員は答えた。

「せめてローカットがいいんですけど」

棚には少数ながらローカットのモデルも置いてあった。

店員の眉《まゆ》がきりりと上がった。

「えーとね。ローカットは山に慣れた人はいいけど、初心者が履くと危険なんですよ」

「どうしてですか」

「ハイカットと違って足首を守ってくれないから、ねんざする恐れが強くなるんだ」

店員はつばを飛ばした。

「でも……町なかが中心なんです」

「町なかならスニーカーでじゅうぶんでしょ」

吐き捨てるように店員は言った。

「海岸の岩場を、ふつうのレザースニーカーで歩いていて、先輩に怒られました」

「それでも、ハイカットのほうがいいと思いますよ。海岸の岩場だってねんざする恐れは大いにありますからね」

「わ、わかりました……」

「そちらのモデルはアッパーはスウェードレザーですけど、ライニングに透湿防水素材を内装していて、ソールはビブラムです。軽いし日帰りや短期間の小屋泊まりには最適なタイプですよ」

「そのカラーだけなんですか？」

「ベリー×グレーってカラーです。かわいいでしょ？　あとはグレー一色ですね」

　この中途半端なグレー一色は勘弁してほしかった。

「こちらのカラーでいいです」

「じゃ試し履きしてみて下さい」

　そばに置かれているベンチに座ってシューズを履こうとすると、店員が激しく手を振った。

「あ、だめだめ。そこにある厚手ソックス穿《は》いて下さい」

　夏希は仕方なく籠《かご》の中の厚手ソックスを穿いてからシューズを履いた。

　店員は靴の上から夏希の足先をつまんでへこみ具合を確かめた。

「どうですか？」

「少しゆるいかな」

「あのね。登山靴って言うのは、靴の中で足がわずかに動かないとダメなんです。キッキッだと爪先《つまさき》が痛くなったり、擦れてマメができるばかりでなく、歩きにくくすぐに足が疲れます」

　店員は眉間《みけん》に深い縦ジワを寄せて険しい調子で言った。

（彼は一所懸命に、わたしにフィットする靴を選んでくれているのだ）

　職務熱心な彼に、夏希としては共感性を持たねばならないだろう。

「そこを歩いてみて」

店員は大きく傾斜している試着台を指さした。

夏希は仕方なく何度か上り下りしてみた。

「どうですか」

「いいみたいです」

夏希は初めて、自分の意思とは離れたところでファッションを選ぶ経験をした。

「それからパーカーも欲しいんです」

会計を済ませた夏希は訊いた。

「ああ、それはあっちの売り場」

店員は素っ気ない調子で隣のブースを指さした。

よくわかったことがある。アウトドアの達人には、上杉タイプが多いのだ。

ウェア売り場の店員は若い女性で、さっきの店員とは違って「ふつうの人」だった。

いつもの買い物と同じ気分で夏希はパウダーブルーの透湿防水素材を使ったパーカーを買った。ちょっと可愛い色合いだったが、五万五千円は手痛い出費だった。

「両方で八万五千円か……」

それだけ出せば、ずいぶんとおしゃれができる。もしかすると、ディオールの靴だって買えるかもしれない。

だが、ウェアのことで上杉につべこべ言われるのは悔しかった。

それに実際、午前中のような現場に出ることはこれからも少なくないだろう。

「仕方ない。必要経費だ」

夏希はあきらめて、ショップ名の入った大きなポリ袋を下げて電車に乗った。

第三章　バカトラマン

【1】@二〇一八年一月三十一日（水）朝

翌朝は雲ひとつないほどの好天に恵まれた。

根岸駅で降りてから分室まではわずかに五百メートルほどだが、夏希の足取りは重かった。

織田から上杉の気の毒な境遇や優秀さを聞かされて理解は進んだ。だが、あの愛想の悪さを考えると、上杉に対して容易に共感性を持つことはできそうもなかった。

八時半の出勤時間ぎりぎりに、夏希は自分の気持ちを震い立たせて分室の扉を開けた。

今日もどこへ引っ張り出されるかわからないので、昨日買ったシューズを履き、パーカーを羽織って出勤した。

すでに上杉は出勤していた。

机上で開いたノートPCの画面を食い入るように見つめている。

夏希が入って行ったときに、一瞬、背中を硬くしたが、上杉は振り向きもしなかった。

「おはようございます」

夏希が声を掛けても上杉の目は画面から動かない。

「ああ……」

「昨日はお疲れさまでした」

何の感情も込めずに夏希は儀礼的にあいさつした。

ようやく上杉は夏希へ顔を向けた。

「警備部の小早川から新しい捜査情報が入った」

上杉は眉間に縦じわを寄せて画面を指さした。

夏希の身体にも緊張が走った。

「なにかわかったんですか」

上杉はあごを引くと、椅子をこちらへ回転させて夏希の顔を見た。

あらためて見ると、なるほど両眼には強い意志を感じさせる力があるような気がする。

「被害者の堀尾は、仮想通貨についてのインフルエンサーとして有名だったんだ」

「ネットでの影響力が大きかったんですか」

夏希は驚いた。堀尾はキャリア官僚ではないか。

ネットの発信が多くの人に影響を与える人物を、英語で「影響者」を意味するインフルエンサーと呼ぶ。著名人のネット発信も影響力は大きいが、インフルエンサーは必ずしも著名人とは限らない。このようなインフルエンサーの影響力を企業側が宣伝に活用しようとする、インフルエンサー・マーケティングも盛んに行われている。

「堀尾は『エクスカリバー』というハンドルネームで、昨冬にブログを開設し、仮想通貨市場における相場の正確な読みで人気を集めていた。もっとも、ハンドルネームしか公表していない匿名インフルエンサーだった。フォロワー数は七千人ほどで、マイクロインフルエンサーと呼ばれるレベルだが。巨大ブログサービスの『なぜよブログ』でおもに活動していたようだ」

「いわゆるカリスマブロガーですね」

上杉は黙ってあごを引いた。

マイクロインフルエンサーとはフォロワー数が一万に満たないものを呼ぶとされている。それでもシェアなどの効果によって発信した情報が数十万人に到達することは珍しくない。

「小早川は堀尾のネット接続記録などから、エクスカリバーが堀尾であることを割り出した。堀尾が使っている発信元は、ネットで入手したエストニア経由のプリペイドSIMだった。このSIMは、着衣のポケットから発見されたスマホに入っていた」

「えーと。エストニアって北欧でしたよね……たしか力士の把瑠都《ばると》の母国ですよね」

「そうだ。バルト三国の一つで旧ソ連圏だ。人口百三十万に過ぎないが、ソ連からの独立後、著しい発展を遂げたIT大国だ。たとえば、マイクロソフトが提供するインターネット電話サービスのスカイプはエストニアで開発された」

「そんなIT大国だなんて知りませんでした……でも、なんでわざわざそんなスマホを使ったんでしょうね」

「官僚である堀尾は万が一にも身元を知られたくなかったんだろう」

「と言うことは、堀尾さんは、インフルエンサーであることで企業とタイアップするなどの利益を得ることはできなかったんですね」

「ああ。一文の得にもならないことにエネルギーを使ってたわけだな」

上杉は肩をすくめるような格好をした。

「承認欲求でしょうね」

「聞いたことがあるな。詳しく教えてくれ」

「上杉さん、子どもの頃、教室で目立ちたい子でしたか?」

「え……そうだな。小学校高学年の頃はいたずらしたり、授業中に歩き回ったり、ろくでもないガキだったな」

「そのときの先生のこと好きだったんじゃないんですか」

「ああ。担任が西田《にしだ》ひかる似のきれいな新採用だったんで気を引きたかったんだ」

信じられないことに、上杉は照れたような笑みを浮かべた。

「それはまさに承認欲求です」

「なるほど……でも、よく先生泣いてたな」

「承認欲求が過剰となると、周囲の人間を傷つけたり苦しめたりすることがままあります」

「まさに俺がそれだ」

「子どもの発達段階に応じた心理を研究する発達臨床心理学では、相手にしないことが一番だとされています。注目すれば、その子は承認欲求を満たされることになります。発達臨床ではこれを『強化』と称します。強化するとその子はまた同じ行動を繰り返します。注目されたことで、ご褒美をもらえたことになるからです」

「つまり無視せよと言うことだな」

「そうです。無視されると強化は生ぜず、ご褒美をもらえなかったことになります。やがてあきらめておとなしくなる子どもが一般的です」

「俺の担任は新採用だったからな。無視なんてできなかったはずだな……」

　上杉は小さくうなった。

「承認欲求は、最近ではかなり有名な概念になってきて、注目行動を取る人物に対して承認欲求バッシングとも言うべき現象すら見られます。でも、承認欲求は誰もが持つものですし、一生持ち続けるものです。よいかたちで発露されれば、プラスの面は少なくありません。問題は周囲の人への加害行動につながる場合です」

「子どものときの俺みたいにか」

「実はわたしが分析官となってから対峙《たいじ》した犯人のほとんどが強い承認欲求を持ってました」

「事件に直面する我々は、被疑者の承認欲求を無視するってわけにはいかないからなぁ」

「おっしゃる通りです」

「よくわかった。いずれにしても堀尾は承認欲求から一文の得にもならないブログにエネルギーを注いでいたわけだな」

「そう考えれば不思議なことではありません」

「ところで、堀尾のブログにヤツと対立する人物がいたんだ」

「本当ですか」

夏希は耳をそばだてた。

「ああ、ハヤタというハンドルネームの人間と激しいバトルを繰り返していた。たとえば、こんなやりとりが記録されている。聖剣《せいけん》ってのが堀尾だ」

上杉は画面を指さした。

聖剣「皆さんは、わたしの考えをきちんと理解する知能と知識を持っているわけです。しかし、なかには、昨日、わたしをディスった人のように、そんな基礎能力に著しく欠けている人物もいるわけです」

ハヤタ「僕のことを言ってるのか」

聖剣「怒りという感情をダイレクトにレスに込め、論理を無視してディスるような人間にはなりたくないものですね」

ハヤタ「怒りを消したければ人間はまるきり変わるしかない。ヴィトゲンシュタインも言っている。怒りは人間の本質そのものだ」

聖剣「ヴィトゲンシュタインの著書を読んだこともない人間が、白取晴彦《しらとりはるひこ》氏の『超訳』みたいな入門書で聞きかじった言葉（しかも不正確）でたいそうな物言い……wまぁ低学歴はそんなもん。クソリプは無視して話題を進めましょう」

ハヤタ「おまえは知能や知識が学歴によるものといいたいのか」

聖剣「皆さんもよくご存じの通り学歴っていうのもひとつのメルクマールにはなりますね」

ハヤタ「僕が三流大学卒だからって馬鹿にしてるのか」

聖剣「そもそもこのブログにコメを入れる人には、一定の知的水準が必要だと思いますよ。低レベルの議論は時間の無駄ですからね。皆さんはそう思いませんか」
ハヤタ「僕と話すのは時間の無駄だと言うのか」
聖剣「バカトラマンは地球に来てもバカトラマンなわけでしょう」
ハヤタ「バカトラマンだと」
聖剣「変身したらバカトラマンになるんじゃないんですかね？　どうでしょう。皆さん」
ハヤタ「許さない。おまえのことは絶対に許さない」
聖剣「皆さま、バカは放っておいて本題に入りましょう」
ハヤタ「いつかおまえのことを、必ず殺してやる」
「これは……」

夏希は言葉が続かなかった。

「このログを見る限りは、ハヤタという男は、堀尾をかなり憎んでいると思える。殺しかねない勢いだ」

「そうですね。ハヤタも堀尾さん以上に、ものすごく承認欲求が強い人物だと推察されます。だから、堀尾さんにこんなにからんでいくわけでしょう」

「うん。ところで、この堀尾の態度は、さっき真田が言っていた、相手にしないことにはなっていないな」

「ええ、その通りです。一見、無視するような振りをしてはいますが、堀尾さんは、ほかの閲覧者に呼びかけることで、猫が鼠をもてあそぶようにハヤタという人物を痛め付けています」

「たしかにな……」

「ところで、このハヤタという人物には辿《たど》り着けていないんですよね」

上杉はあごを引いた。

「小早川たちは令状も取って懸命に追っかけているようだが、いまのところわかっているのは中国経由でのアクセスと言うことだけらしい」

「やはりプリペイドSIMですか」

「そのようだ。SIMフリー端末が当たり前になって利便性は上がったが、怪しげなSIMも少なからず流通しているようだ。警察にとっては厄介な代物だな」

上杉は肩をすくめた。

「真田、今日はこのブログと取っ組んでくれ」

「は、はい、わかりました」

まともな指示が初めて与えられた気がした。

「ところで、バカトラマンって意味がわからないんですけれど」

「マジか」

上杉は目を丸くした。

「ええ……」

「たいして年違わないと思ってたけど、ジェネレーションギャップだな。ウルトラマンは知ってるだろ」

「ええ、特撮ヒーローですよね」

「ウルトラマンに変身する前の地球人の姿をしているのがハヤタだよ」

「あ、意味わかりました。とすると、ハヤタはある程度の年齢かもしれませんね」

「そうとは限らないだろう。堀尾だってそのことを理解しているわけだが、ヤツは真田くらいの年齢だ。世代を超えて詳しい人間はいるさ」

「な、なるほど……」

夏希はサブカルチャーには詳しくない。小早川あたりならわかるかもしれない。

すぐに上杉は部屋を出て行った。

夏希は堀尾のブログを最初からゆっくり検証し始めた。ブログは彼の死の一年ほど前から始まっていた。

堀尾がいかに自己顕示欲に満ちた人間なのかがよくわかった。官僚らしく知識が豊富で、持っている知識から築き上げた独自の論法で閲覧者を引き込んでいた。

閲覧者のなかには信者と呼べるような熱烈なファンも少なくなかった。

ハヤタを除いて、激しい攻撃を加えているような閲覧者は見つけられなかった。

上杉は別室でPCと取り組んでいた。いったいなにを調べているのかは夏希にはわからなかったが、ちらと覗《のぞ》いた画面には拳銃《けんじゅう》の型式などがずらりと並んでいた。

「ちょっと出てくる」

昼前にそれだけ言って上杉は部屋を出て行った。

夏希はそのまま、ブログのログを検証し続けた。

お腹が空《す》いてきたので、貼ってある中華そば屋のメニュー表から出前を取った。

ひとつだけ印象に残ったことがある。

剱崎海岸の殺害現場から想起される犯人像と、ログに残されたハヤタの人物像に開きが大きいと言うことである。

ハヤタのコメントは、プライドが高い人物像を想起させるが、一方で力強さとは無縁である。すべてのレスの筆致には大胆さや豪放さをまったく感じさせない。

そんなハヤタに拳銃などが使えるだろうか。

仮に堀尾に危害を加えるとしても、あのような場所に連れ出すようなハードボイルドさを感じないのである。もっと内向的で粘着質な人物像を感ずる。

たとえばトイレで待ち伏せしていていきなり刺すと言った殺害方法がふさわしい気がする。

しかしもこれはハヤタに対する偏見なのかもしれない。

逆に言えば、江戸時代の書物からとったとされる《陰悪《いんあく》も又天誅不遁事《またてんちゆうのがれざること》》というメッセージは、ハヤタのイメージとは遠くなかった。古今の名著を引き合いに出すところは、知識を誇ろうとする傾向を否定できなくもない。

ハヤタは知識量で遠く及ばない堀尾に対して、コンプレックスから来る敵愾心《てきがいしん》を抱いていたような気がするからである。

夏希は画面を眺めながら、自分の印象をメモにとり続けた。

陽が傾いても上杉は帰ってこなかった。

【2】@二〇一八年一月三十一日(水)夜

陽が暮れてから分室に戻ってきた上杉に、夏希は根岸駅前の居酒屋に連れてゆかれた。

煮込み、おでん、串《くし》カツ、ホッピーなどと書かれた提灯《ちょうちん》が軒先から吊《つ》り下がっている素朴な雰囲気の店だった。

夏希は小川や加藤、石田たちにこんな雰囲気を持つ居酒屋に何度か連れて行ってもらっている。おかげで、それまで食べたことのなかったメニューのなかにたくさんのお気に入りができた。

箸《はし》でいま、口元に持っていっているお通しのもつ煮込みはそのひとつだった。

それまで食べた煮込みは味噌味《みそあじ》だったが、この店の煮込みは出汁《だし》のきいた醤油味《しょうゆあじ》で、山椒《さんしょう》の風味が食欲をそそる。

「ま、乾杯しよう」

上杉が中ジョッキを差し上げた。

三人は乾杯した。

そう。もう一人の男を上杉は呼んでいた。

「どうだ。こいつはむかし、俺の部下だった男だ」

「最上義男《もがみよしお》です……はじめまして」

最上は一九〇センチ近い長身で、筋骨のたくましい男だった。

細長い顔立ちは、誠実そうな雰囲気を持っている。

隣で口元を泡だらけにしている上杉とは大違いだ。

「はじめまして。真田夏希と言います」

夏希はつとめて愛想よく初対面のあいさつをした。

「最上さんも神奈川県警におつとめなんですよね」

「はい、第一機動隊に所属しています」

最上はさわやかな笑顔で答えた。

「巡査部長だ……階級的には真田のほうがひとつ上だな」

上杉は余計なことを言う。

「え……キャリアなんですか」

上杉はちょっと身を引いた。

「いいえ、違います」

「では、お若いのになんで警部補でいらっしゃるんですか」

「おいおい、よせよ。いきなり敬語使う馬鹿がいるかよ」

「はぁ……」

最上は頬を染めて頭を掻《か》いた。

「二人はたしか同じくらいの年だよな」

上杉はにやにや笑いながらつけ加えた。

あっさり歳をバラさなくてもいいのに……。

「本当ですか。二十代後半だと思い込んでました」

「わたし昨年の四月に刑事部に心理職の特別捜査官として採用されたんです」

「刑事部で真田のことを知らない奴はいないんだ。なにせ、博士号を持つ精神科医だからな」

「上杉さんっ」

夏希はあわてて手で制したが、上杉はかまわずに続けた。

「いいんだよ。博士だの医者だのって言うのは、つきあう前から知っていたほうがいいんだ」

「つきあう？」

夏希は素《す》っ頓狂《とんきょう》な声を出してしまった。

最上は目を丸くして上杉の顔を見ている。

「後から高学歴女だと知って引いちまうより、最初から覚悟してつきあったほうがいいって言ってるんだ」

「ちょ、ちょっと、上杉さん、なに言ってんですか」

あわてて夏希は訊《き》いた
「小早川から、真田が婚活中って聞いてな」

上杉はタバコに火をつけていかにも美味《うま》そうに煙を吐いた。

「う……小早川さん……そんな余計なことを……」

舌を出している小早川の顔が目に浮かぶようだった。

「今日、俺は警備部に顔を出して小早川に会ったんだ。そうしたら、奴が真田の婚活の話をしてな。連戦連敗だそうじゃないか」

「そんなことはありません」

連戦などしていないし、心外な言葉だった。

「まぁ、過去のことはいいや。どうだい？　最上はなかなかイケメンだろ？」

「は、はぁ……」

最上は赤くなってうつむいた。

「素敵な方ですね」

はきはきと明るい声で話す最上には魅力があった。

「なぁ、最上も相手がいないんだろ。こいつはずっと長いこと女っ気なしでな」

「やめてくださいよ、先輩っ」

最上は口を尖《とが》らせた。

「ははは、いいじゃないか。本当の話なんだから。とにかく気が合えばと思って、今日は二人を呼んだんだ」

夏希と最上は顔を見合わせた。

「自分は先輩から飲もうって誘われたからここへ来ただけなんですから」

「そうですよ。わたしも今日はただ、飲みに来ただけです」

二人の言葉がかぶった。

「まぁ、いいじゃないか。二人の仕事に対する熱意ってのを聞かせてもらおうか。まずは最上おまえはどうだ？」

「自分は単純です。弱い人を苦しめる犯罪者を、この世からなくしたい。それが仕事への情熱です」

頬を紅潮させる最上は純情に見えて好ましかった。

「けっこう。真田はどうだ？」

上杉に訊かれて、夏希は考え込んでしまった。

「自分の専門知識を活《い》かして、人の役に立ちたいってことです」

じゅうぶんに言葉を尽くせているとは言い難かった。

「二人ともまじめすぎるな……じゃあ、趣味はどうなんだ？　おい、最上」

上杉は最上へあごをしゃくった。

「趣味ですか……プールで泳ぐことと、走ること、あとはジムでのトレーニングですかね」

そんなのは趣味と言えるものだろうか。機動隊員にとっては訓練の一環ではないだろうか。

「真田さんはどんなご趣味をお持ちなんですか」

「わたしは美術館に行ったり買い物も好きですけど……だらだらして家で映画のＤＶＤ見たり音楽聴いたりしながらお酒飲むのがいちばんかな」

正直に答えたわけだが、最上の顔が一瞬凍るのがわかった。

「じゃあ、最上さんは、お休みの日とか、どんな過ごし方をなさっているんですか」

夏希も質問をしてみた。

「そうですね……自分たちの勤務は当直日は二十四時間勤務、翌日の当直明けは非番で休み、三日目は日勤です」

「わたしは基本的には日勤なんで、八時半から五時十五分です」

なかなか定刻に退庁できる日は少ないが……。

「自分らは訓練があるし、事件が起きたら緊急出動もありますので、休みは常に待機態勢です。寮の近所から遠くには行けないですね」

最上は少し淋《さび》しそうに言った。

「まぁ、わたしも捜査本部に呼ばれたりすると、勤務時間がメチャクチャになりますけどね」

「警察なんてとこは勤務時間があってないのが当たり前だからな」

上杉が合いの手を入れた。

「最上さんは、どんな音楽がお好きですか」

「そうですね……うーん。あ、そうだ。カラオケではB´zを歌います」

世代的にもB´zは納得できる。しかし、それひとつしか出てこないのだろうか。音楽にはあまり興味がなさそうだ。

「好きな映画はありますか」

「映画ですか……えーと、映画はあまり観ないですね……」

答えに窮している最上を見かねて、上杉が助け船を出した。

「最上はどんな女性がタイプなんだよ」

この問いに、最上は張り切って答えた。

「やはり、自分も激務ですから、安心して家庭を任せられるような女性がよいです」

「働く女は苦手ですか」

夏希の問いに最上はあわてて答えた。

「い、いや……決してそんなことはありませんが……」

上杉の言葉は、最上にとってちっとも助け船にはならなかった。

「ほかにはどうなんだよ……あ、そうだ。最上は、どんな家庭が作りたいんだ？」

上杉の顔にも段々と焦りが見えてきた。

「やはり子どもは二人はほしいと思っております」

「子どもがいない家庭はだめですか」

「そ、そうですね……できれば……」

最上は舌をもつれさせ、上杉は額に手をやって天井を仰いだ。

「まぁ、話はそれぐらいにしてつまみを頼もう。ここのイカの煮付けは美味いぞ」

上杉は若干引きつった笑いを浮かべてその場を取り繕った。

最上が求める女性は、おそらくは夏希とは正反対だろう。

誠実でさわやかであっても、価値観がひどく違い、生活感覚のズレが大きい相手と生活を共にすることはほとんど困難としか思えない。

夏希はそんなことをあらためて強く感じていた。

「おい、最上、もっと飲めよ」

中ジョッキを空にした上杉は、すでに冷酒を頼んでいたが、夏希も最上も最初の一杯目がいくらか残っていた。

「最近、九時以降は飲まないようにと上からの指示が出てるんですよ」

「なんでだ？」

「酒気帯び運転もそうですし、勤務中にアルコールが残っていてはまずいということなんです」

「馬鹿野郎。九時なんて飲み始めだろうが。それにおまえは二リットルや三リットルのビールなら運転だって平気でできるだろう。ほれ」

上杉はガラスの酒器を最上に差し出した。

アルコールに対する上杉の警戒心は十年以上前の感覚だろう。

「で、でも……」

最上は弱り顔で身を引いた。

「上杉さん、それアルハラですよ」

夏希の言葉に上杉は大きく舌打ちした。

「仕方ねぇなぁ。じゃ、真田おまえ飲め」

「いただきます」

夏希はテーブルの上の小さなグラスを手に取った。

クルマの運転をする機会はないので、夏希は毎日、十二時近くまで自宅で一人飲みをしていた。七時過ぎなど、まだまだ宵の口というのが実感だった。

最上はその後もほとんど飲まずに、おとなしく料理を食べていた。

上杉や最上より一足先に、九時前に夏希はちょうどよい酔い心地で居酒屋を出た。

澄み切った東空に輝く満月が少しだけ欠け始めた。

今夜の月はスーパー・ブルー・ブラッドムーンだった。いつもより大きく見える満月であるスーパームーン、元日に続けて同じ月に二度目の満月となるブルームーン、さらに皆既月食により月が赤銅色に見えるブラッドムーンの三つの現象が重なる夜だった。

夏希は時々立ち止まって、珍しい天体ショーを楽しみながら駅への道を歩いた。埠頭《ふとう》の方角から吹き渡る潮の香りをのせた風は冷たかった。

【3】@二〇一八年二月一日（木）朝

翌朝、出勤してまもなく根岸分室に小早川から電話が入った。

「真田さん、ハヤタから接触がありましたよ」

甲高い小早川の声は少し上ずっていた。

「本当ですか！　いったいどこに」

夏希は叫んでいた。

上杉さんに余計なことを言ったでしょ、などと咎《とが》める余裕はなかった。

「県警相談フォームです」

「どんなメッセージですか」

「いまそちらのPCに転送しますよ」

すぐに夏希の目の前の画面に県警フォームに投稿されたメッセージが表示された。

「来ました」


――僕はハヤタと言います。堀尾元晴は悪人なので天罰を加えました。《陰悪《いんあく》も又天《またてん》誅不遁事《ちゅうのがれざること》》かもめ★百合《ゆり》さんと対話したい。手配して頂けませんか。


「これです！」

夏希は叫んでいた。

「どうしたんですか。真田さん」

「いえ、ここしばらく堀尾さんのブログを解析し続けていたんです。ハヤタのコメントもいくつも読みました。このメッセージはハヤタのイメージとぴったりのトーンを持っています」

「どういう意味ですか」

「わたしは上杉さんと剱崎の現場に行きました。その現場から得ていた犯人像とハヤタのイメージは著しくズレていたのです。ですが、このメッセージはブログのハヤタそのものです」

　夏希の声はいくらか上ずっていた。

「たしかに、《陰悪も又天誅不遁事》という『耳嚢《みみぶくろ》』からの引用も、厚生労働省の堀尾さんのメールアドレスに送られたものと同じですね」

「ええ、その点もブログでも、自分の知識を誇りたいハヤタの姿と重なる部分があります」

「それで、真田さんはどんな仮説を持っているのですか」

「いえ……まだ仮説と言うほどでは」

　夏希は言いよどんだ。

「教えて下さい。捜査本部のほうはすべてが膠着《こうちゃく》している状態のようです」

「そうですか……捜査主任はどなたですか？」

「福島一課長の仕切りです。佐竹管理官も出張っています」

　二人の名前を聞いて、夏希は捜査本部に参加できないことを少しだけ淋しく思った。

　根岸分室の勤務は実は楽だ。定刻に帰れるし、昨日も今日もここにいる上杉は別室に閉じこもっていて、なにも干渉してこない。夏希は好きなだけ捜査資料と取り組むことができる。

「今回の捜査本部に警備部の管理官は外事課から出ています。わたしは完全にシャットアウトですからね。こちらでは頑張らないと」

不満げな小早川の声が響いた。

小早川としては、捜査本部の鼻を明かしたいのだろう。

「現場の実行犯とハヤタは別人物ではないかというのがわたしの仮説です」

「では、真田さん。今回の事件で、ハヤタはどういう位置づけになるのでしょうか」

「単純に考えれば共犯でしょう」

「なるほど……今回、堀尾さんが殺されたこと以外に現場でなにが起こったかはまるでわかっていません。現場にもう一人の犯人がいた可能性も捨てきれませんね。また、現場に赴かなくても共謀共同正犯、教唆犯、従犯の可能性だってある」

「共犯の詳しい区別は……すみません、ちょっと詳しくなくて」

「真田さんはお医者さんですからねぇ」

勝ち誇ったような小早川の声だった。

「ともあれ、犯人が一人でない可能性は視野に入れる必要があると思います」

「わかりました。真田さんの仮説は重要だと考えます」

「ハヤタとコミュニケーションが取れる方法を考えて頂けますか」

「いままでの事件で使ったチャットルームを開設してみましょう。幸い、ハヤタは捨てアドだけれどアドレスを伝えてきています。そちらにメッセージを送れます。五分くらいで準備できますので、真田さんは呼びかけのメッセージを考えておいてください」

小早川は勢い込んで言った。

「了解です」

「それから、電話だと話しにくいですから、ネット回線で通話しましょう。操作方法は上杉さんに聞いてください」

「はい。いま室長を呼んできます」

「では、準備が整ったら声をお掛けします」

夏希は別室でPCに取り組んでいる上杉に呼び掛けた。

「上杉さん、ハヤタを名乗る人物から県警の相談フォームに、わたしと話したいというメッセージが投稿されました」

「なんだって！」

上杉は振り返って叫んだ。

「小早川さんがチャットルームを開設してくれるそうです。あと、ネット回線で通話するソフトの操作方法を教えてください」

「ああ、いま行く」

すぐに上杉は、夏希が座っていた席に来て座るとPCのマウスを操作した。

「おい、小早川、聞こえるか」

上杉はPCに向かって喋《しゃべ》った。どこかにマイクが仕込んであるらしい。

「あ、上杉さん、OKです」

PCのスピーカーから小早川の声が思ったより明瞭《めいりょう》に聞こえた。

「こいつか。真田あてのメッセージって言うのは……」

上杉は画面を覗《のぞ》き込んで言葉を継いだ。

「なんだか、ずいぶん弱気で僕ちゃんくさいな」

「そうなんですよ。それについては真田さんも意見があるようです」

小早川は夏希に話を振った。

「ハヤタのログを詳細に検討した結果の印象に過ぎないんですが、劔崎の現場の実行犯とは別の人物ではないかと思われるのです」

「じゃあ、こいつは偽者か」

「共犯かもしれません……」

「なるほどな」

上杉はかるくうなずいた。

「いずれにしても、複数の犯人を視野に入れてもよいと思います」

「うん……いままで得た情報からすれば、たしかに犯人を単独と決めつけなければならない理由はないかもしれないな」

意外にも上杉は素直に夏希の意見を認めた。

「僕もそう思っています。真田さんの複数犯説は有力だと思います」

小早川も賛意を繰り返した。

「それでこのハヤタが真田と話したがってるんだな」

「そうなんです。ハヤタを名乗る人物はかもめ★百合を指名して、対話を求めてきました」

小早川の弾む声に、上杉は怪訝《けげん》そうに眉《まゆ》を寄せた。

「なんだ、かもめ★百合ってのは」

「上杉さん、知らないんですか。ネット上で真田さんを示すハンドル名で、もはや麻倉《あさくら》ももなみのアイドルですよ」

小早川は歌うように言った。

「そうなのか！」

上杉は短く叫んだ。

「小早川さん、それ盛り過ぎですから」

「そんなことないでしょ」

小早川のニヤつく顔が目に浮かぶ。

「で……なんだその麻倉ももっては」

上杉は首を傾げたが、夏希も知らない名前だった。

「ももちょは人気急上昇中の声優アーティストですよ。いま二十三歳ですが、二〇一五年には『Charlotte』の乙坂歩未《おとさかあゆみ》役で人気を確立し、一昨年の『告白実行委員会～恋愛シリーズ～』では劇場用アニメでも主役級をつとめました。歌手としてもシングルCDはすでに三枚。キャラクターソングは数知れず。これからの活躍が楽しみな人です……」

止まることのなさそうな小早川の饒舌《じょうぜつ》を、上杉は大きく咳払《せきばら》いして遮った。

「アニメか……」

上杉は苦渋に満ちた顔を見せた。

「アニメやゲームの文化は、俺にはよくわからん……」

「小早川さんって、かなりのドルオタだと思います……アイドルオタクのことですけど」

夏希は上杉の耳元で囁《ささや》いた。

「うん、そうか。そんな感じだよなぁ」

上杉はわざとのように大きな声を出した。

「二人でなに話してんですか」

小早川の声が尖《とが》った。

「上杉さんちょっといいですか」

夏希は上杉と入れかわって席に座ってキーボードを叩《たた》いた。

――ハヤタさん、メッセージありがとう。わたしもあなたとお話ししたいです。いつでもチャットルームに来てね。かもめ★百合
「こんなのでどうでしょうか。ごくふつうに言葉を掛けてみようと思うのですが」

夏希の提案に二人は直ちに同意を示した。

「いいだろう。すべて真田に任せる。好きにしてくれ」

「いいと思いますよ。問題は返信が来てからの話ですからね」

上杉は織田とは違って夏希のレスをチェックする気はないようだ。まぁ、単に面倒くさいのかもしれない。

「なぁ、どうでもいいけど、かもめ★百合ってのは、ひでぇセンスだな」

上杉はあきれ声を出した。

「わたしもそう思います」

夏希は深くあごを引いた。

「もうちょっとなんとかならなかったのか」

「織田さんが決めたんです」

「あいつか……『こんな安っぽい名前のほうが相手の油断を誘えますよ』とかなんとか得意げな顔して言ったんだろ」

上杉は織田の口調を真似してみせた。

「それっ！」

夏希は我が意を得たりとばかりに上杉を指さした。

「お二人とも、このメッセージをハヤタの捨てアドに送りますよ」

小早川が焦《じ》れたような声を出した。

「お願いします」

緊張を取り戻した夏希だったが、すぐにレスが来るということはないだろう。

予測とは裏腹に十分後に着信アラームが鳴った。

――こんにちは。かもめ★百合さん。ハヤタです。僕は昨夜、もう一人の大罪人に罰を与えました。

――待って。誰に罰を与えたの？　ねぇ、教えて！

だが、それきり返信は来なかった。

そのとき、隣の机で固定電話が鳴った。

さっと手を伸ばして上杉が電話を取った。

「はい、根岸分室。え……それは本当ですか！　それで、被害者の氏名は……」

上杉は頬を引きつらせてメモを取り始めた。

「間違いないんですね。はい、わかりました。機捜と所轄が帰る頃に顔を出してみます」

受話器を置く上杉の眉間には、深い縦じわが寄っている。

「なにがあったんですか」

夏希の声は強《こわ》ばっていた。

「新たな被害者が出た」

「なんですって!」

背中にぞぞっと寒気が走った。

「栄区《さかえく》にある瀬上《せがみ》市民の森の瀬上池ってところで池に浮かんでいる死体が、今日の夜明けに釣りに来た近所の住民によって発見された。頭部に二発銃弾を撃ち込んだ犯行態様から、剱崎海岸の犯人と同一犯である疑いが強い……」

「そんな……」

事件は最悪の連続殺人へと変わってしまった。

メッセージ通りに、ハヤタが新たな犯行を実行したというのだろうか。

「いまの電話は大友参事官からだ。すでに現場では実況見分が行われているらしい」

大友参事官は神奈川県警刑事部からも連絡を受ける態勢になっているらしい。

「被害者は携行していた運転免許証から古田重樹《ふるたしげき》、三十三歳と思われる。こいつは医者だ」

第二の被害者が医師と聞いて夏希は動揺した。

「勤務医ですか?」

「ああ、桃林《とうりん》大学附属病院の心臓外科医だそうだ」

「たぶん優秀な医師でしょう。桃林大学附属病院は信濃町《しなのちょう》大学病院系列で、ことに心臓外科では有名です」

桃林大学の心臓外科は、ミニポンプアシスト術などの先進的な医療技術の臨床実験にも取り組んでいて、学会発表の数も少なくなかったはずだ。

「厚生労働省の若手官僚と、若手の優秀な心臓外科医か……」

上杉はうなった。

「両者には関連がありますね。捜査本部の追いかけている多国籍製薬マフィアの線がやはり正しいのかもしれません」

小早川のちょっと上ずった声が響いた。

「だとしたらラッキーだな」

「上杉さん、なに言ってるんですか」

夏希はあわてて訊《き》いた。

「だってそうじゃないか。このチームは解散できるんだぞ。明日《あした》からこの事案は福島一課長にお任せできる。真田は科捜研に帰れるし、俺は昼寝して暮らせるってわけだ」

「それ、本気で言ってます？」

上杉はにやっと笑った。

「本気だ。俺だって楽したいよ。だがな、真田が感じているように、どうもいろいろと違和感を覚えるんだよ。組織の犯行説って言うのには……。それに接触してきてるハヤタはどうなる？」

上杉は夏希の目を真っ直ぐに見た。

「この騒ぎに乗じて無関係な人間がいたずらをしているだけかもしれませんよ」

「真田、おまえそれ本気で言っているのか」

「いいえ、ぜんぜん」

「だよな。とにかく、二人で現場を踏むぞ」

強い口調で上杉は言った。

「ハヤタからレスがあったらどうしますか」

うろたえたような小早川の声が響いた。

「小早川、おまえがネカマやれ」

上杉はさくっと命じた。

「僕がかもめ★百合になりきるんですか」

ますます不安そうな小早川の声だった。

「なんだよ、その声は。天下の警備部管理官さまだろ。謀略なんてのは大好きじゃないか」

「誤解です。そんなことありませんよ。でも、交代要員は引き受けます。判断に迷ったら、真田さんに電話するかもしれませんよ」

「どうぞ。待ってますよ」

夏希は立ち上がった。

「まぁコーヒーでも飲んでから仕度しよう」

上杉は立ち上がって壁際のコーヒーメーカーに歩み寄った。

「コーヒーですか」

夏希は驚いて訊き返した。

「ああ、一杯のコーヒーが捜査の味方になることだって少なくない」

「はぁ……」

コーヒーを飲みながら上杉はPCで何やら調べている。

「どうやら栄高校の裏手からのアプローチがいちばん早そうだ」

「機捜に訊けばいいいんじゃないんですか」

「いや、あっちへ着くまでは、俺たちが行くことを本部には知られたくない……さぁ行くぞ」

「はい。わかりました」

夏希は自信を持って、一昨日買ったパーカーを羽織った。

上杉はいま気づいたようにちらと見たが、なにも言わなかった。

【4】＠二〇一八年二月一日（木）朝

横浜横須賀道路の港南台《こうなんだい》ICで下りたクルマは県立横浜栄高校のグラウンド脇の道を入っていった。クルマの左右にはうっそうとした雑木林が迫ってきた。

「たくさん自然が残っている場所ですね」

「現場は横浜市の瀬上市民の森の中にあるようだが、地図で見ると深い緑に囲まれた場所だな」

しばらく進むとステンレスの車止めが道をふさいでいた。

クルマを下りて道の続きへ入って行くと、すぐに砂利道となって、続けて湿地状の谷《や》戸《と》が現れた。

瀬上沢小川アメニティと記された茶色い方向指示板が見えた。

平坦《へいたん》な谷底に真っ直ぐに細い木道が続いている。

「今日は新しい靴を履いてきましたから」

夏希は得意げに右足を差し出してみせた。

「木道じゃローバーの靴が泣くな」

にこりともしないで上杉は答えた。

偏屈な登山用品店主の雰囲気は相変わらずだ。

ほとんど傾斜のないゆるやかな道で、小さなふたつの池を通り過ぎた。

少し視界が開けると、「池の下広場」という看板が出ている場所に出た。来訪者向けの木製テーブルと椅子が設けられている。

瀬上池への道標に従って進むと前方に黄色い規制線テープが張られている。

近づいて行くと、堰堤《えんてい》と思《おぼ》しき場所で地域課の制服を着た若い巡査が立哨《りっしょう》していた。

夏希たちを見た制服警官は、通せんぼをするように両手を伸ばしかけた。

「刑事部の上杉だ」

上杉は警察手帳を開いて見せた。

「ご苦労さまです」

手帳を覗《のぞ》き込んだ制服警官は、姿勢を正して言葉を発した。

「現場はどこだ？」

「遺体は、この左手の遊歩道の下あたりに浮かんでいました。実際の殺害現場はまだ不明だそうです」

「捜査員は残っているか」

「いったん、すべて引き上げましたが、午後から池の中を浚《さら》うそうです」

「そいつはご苦労だな」

夏希たちは警官の示した瀬上池東側の遊歩道へと足を踏み入れた。

落葉広葉樹の枯れ枝に囲まれた谷あいに、緑の水面が間近に見えた。

鉄製の手すりがある遊歩道を、たまった落ち葉を踏んで下りて行く。

夏希たちは池にいちばん近づく高さまで下りた。

制服警官の言葉どおり、すでに実況見分は終わっているのか人影は見られなかった。

死体と対面せずに済んだ夏希の肩の力が抜けてゆく。

池の水はどろりと濁って底は見通せない。

いっせんの風が吹きつけて枯木の枝がさわさわと鳴り、水面《みなも》にさざ波が立った。

「鑑識標識板も片づけられているな」

上杉がつぶやいた。

木道の上にはこれと言った残置物はなかった。

「被疑者に結びつくような証拠は残っていたのでしょうか」

「当然ながら足跡は残っていただろう」

上杉は黙って池を見つめ始めた。

夏希もあたりの景色をゆっくりと観察する。

「どうだ、真田。この現場は」

五分くらい黙って立っていた上杉が唐突に訊いた。

「劔崎よりはずっと穏やかですけど……やっぱり『恐怖』を感じます」

「恐怖か」

「劔崎のような自然の脅威を感ずる場所ではないですので、同じような印象ではありません。そもそもこの池は人工的に作られたものですよね」

「堰堤が築かれているし、おそらくは農業用の溜池《ためいけ》の名残だろう」

「だから、この場所に自然の恐ろしさは感じません。でも、夜間のこの場所はあまりに淋《さび》しいと思います」

「たしかに夜間は人影を見ないような場所だな」

「目撃者が現れる恐れがないから、この場所を選んだのだとは思いますが……」

「たしかに、この場所じゃ銃声を聞いた者もいないだろう」

「でも、銃声を恐れるだけなら、下の広場でもいいですよね。車道が終わったあたりだって誰にも知られずに殺害できるような場所ではないでしょうか。それなのに、わざわざこの池まで上がってきたことが不思議な気がします」

「そうだな……」

「いったい、被害者は、どこで撃たれたのでしょうか」

「薬莢《やっきょう》を鑑識が発見していれば、見当はつくかもしれないが……」

「第一現場では薬莢は見つかっているんですよね」

「ああ、だが、発射の際の衝撃で空薬莢は、思わぬ方向に飛ぶ。発射地点が特定できるわけではない。いずれにしてもこの木道の上で引き金を引いたのだろう」

「どっちにしてもなんで犯人はこんな場所を選んだのかが知りたいです」

観察を終えた夏希たちは遊歩道を堰堤へと戻った。

さっきの制服警官が、もとの場所で立哨を続けていた。

「君は地域課だね」

意外とやわらかい声で上杉は訊《き》いた。

「はい、栄警察署の地域課員です」

「この池について聞きたいんだが」

「どんなことでしょうか」

「釣りに来た住民が発見したということだが、そんな釣り客は多いのか」

「いや、酔狂な釣り人でしょう。アクセスもよくないし、ご覧の通りの淋しいところですから、昼間でも釣り客は少ないと思います」

「では、ふだんはまったく人気《ひとけ》のない場所か」

制服警官は小さく首を横に振った。

「それでも休日の昼間などには、この上の円海山《えんかいざん》から下りてくるハイカーなどがちらほらいるようです」

「円海山っていう山があるのか」

「ええ……山っていうほどの高さじゃないんですが、円海山護念寺《ごねんじ》ってお寺があって、その名前で呼ばれています。周辺にはハイキングコースが設けられていて中高年のハイカーでそこそこ賑《にぎ》わっています」

「なるほど、丹沢《たんざわ》なんかに比べたら地味なところだけどな」

「護念寺は江戸時代から『峯《みね》の灸《きゅう》』で有名で、老人などにはわりあい知られているようです」

「いまでも灸など施術しているのか」

「やっているそうです。わたしは行ったことはありませんが……」

二十代半ばの巡査だ。お灸などに興味のある年齢ではないだろう。

「このあたり一帯は広い範囲で山がちなんだな」

「はい、瀬上市民の森は、磯子区の氷取沢《ひとりざわ》市民の森や、金沢《かなざわ》区の金沢自然公園、それから円海山と隣接しています。横浜市内でもいちばん山が多い場所だと言う話です」

制服警官は歯切れよく答えた。

「夜間、来るような人間はいないんだろうな」

「ホタルの生息地になっているので、夏はホタル見物の人も来ますが、この季節ではよほどの物好きしか来ないでしょう。地元の人間の間では心霊スポットなんて言われていますんで」

「なんだって？」

「なんでも母子の幽霊が何度も目撃されているそうですよ」

あまり本気にしていなそうに警官は小さく笑った。

「今回の事件の目撃者はいないんだろうな」

「はい、いまのところ聞いておりません」

「ところで、栄署に帳場が立つんだろ」

「お言葉の通りです。本部からも管理官が見えるそうです」

「そうか、いろいろありがとう」

「ご苦労さまです」

池から離れて下の広場まで戻ると、向こうから黒い犬を連れた男の影が、視界に飛び込んできた。

夏希の胸は躍った。

「アリシア！」

我慢できずに夏希は黒い引き締まった身体に駆け寄っていった。

間違いない。刑事部警察犬のドーベルマン、アリシアだ。一緒にいる現場鑑識作業服姿は小川巡査部長だった。

アリシアはハーネスをつけられてお仕事モードなので、夏希を見ても飛びついては来ない。

その代わりに黒い瞳《ひとみ》が、じっと夏希を見つめている。

「会いたかったよ。アリシア」

夏希が屈《かが》み込んで首を抱くと、アリシアは「くううん」と小さく鳴いて答えた。

アリシアの鼓動と体温が心地よく伝わってくる。

「なんで真田がここにいるんだ」

小川は不思議そうな声を出して夏希を見た。

「け、研修の一環で……」

小川を見上げながら、夏希は舌をもつれさせた。

暑くもないのに夏希の背中に汗が噴き出した。

「刑事部の上杉だ。数日、真田をあずかっている」

上杉は何気ない声で言った。

「あ、どうも……鑑識課の小川です」

上杉の態度から、小川は階級が上だと判断したらしい。

「警察犬まで出張ったのか」

「念のため、池端近くの遺留品捜査に駆り出されたんですよ。後から池浚いの連中も来ます」

「池浚いは簡単な話じゃないな」

上杉は気の毒そうに眉《まゆ》を寄せた。

「ええ、この寒いのに難儀な話です」

小川はうんざりとした顔を見せた。

「薬莢出たか」

「出てます。検査結果出てませんが、たぶん十ミリオートです」

「そうか……劔崎の事案と同じ銃弾だな」

やはり連続殺人なのか。夏希は気持ちが引き締まるのを感じた。

「ですが、不思議なことがあるんです」

小川は口をつぼめた。

「なんだ？　不思議なことって」

「司法解剖が終わってないんではっきりしないんですが、被害者は頭部に二発の銃弾を受けているようです」

「俺もそう聞いている」

「ところが発見された薬莢は四個なんですよ」

「撃ち損じたってわけか」

「でも、もし剱崎と同じ犯人ならそんなヘマをやるでしょうか」

上杉は大きくうなずいた。

「たしかに奇妙だな」

「変ですよね。二発もし損じるなんて」

「捜査本部がプロという線で捜査しているのとは相容《あいい》れないな。ところで足跡は？」

「二人分の足跡が取れてるはずです」

「足跡から犯人につながるといいな」

「なかなか難しいとは思いますよ。裁判になったときの証拠としては有力ですけれどね」

「そうだな、ま、ご苦労さん」

「お疲れさまです」

「あ、そうだ。俺と真田にここで会ったことはほかで話すなよ」

「は、はい……」

「研修と称して油売ってたことが、黒田部長にばれるとまずいからな」

「わかりました」

小川はちょっと唇を歪《ゆが》めて答えた。

おそらく笑いをこらえているのだ。

夏希は二人の会話を聞いている間じゅう、アリシアの全身をなで回していた。お仕事モードが続いているアリシアは微動だにしなかった。

「なにしてんだ。真田、行くぞっ」

上杉はちょっと振り向いて声を掛けると、そのまま歩き始めた。

「あ、はいっ」

夏希はぴょんと跳ねるように立ち上がってアリシアに手を振った。

「じゃまたね、アリシア」

アリシアは夏希へと顔を向けて、尻尾《しっぽ》を振った。

ずっとアリシアと遊んでいたかったが、アリシアもお仕事なのだ。

夏希は後ろ髪を引かれる思いで一度振り返ったが、アリシアと小川の影は小さく遠ざかっていた。

「被害者はあの池まで歩かされたんだな」

ソールの音を立てて木道を歩きながら、上杉はぽつりと言った。

「やはりそうですよね」

「銃を突きつけられてやむなく従ったんだろう」

夏希は思いついたことを口にしてみようと思った。

「さっきの薬莢《やっきょう》の話ですけれど……」

「聞いていたのか」

「また予断になってしまうのですが……」

「かまわないから話してくれ」

「犯人はわざと逸《そ》らして、古田さんという被害者を撃ったんじゃないでしょうか」

「何でわざわざそんなことをしたんだ」

「被害者の古田さんを脅かすために、わざと二発を逸らして撃った。古田さんをじゅうぶんに怖がらせた後で、射殺した……」

自分で言葉にしながらも、夏希の全身に悪寒が走った。

「たしかにそれだと二発の空薬莢の説明がつくな」

上杉はかるくあごを引いた。

「剱崎の現場の時には、空薬莢が二発しか見つかっていないことを見ると、発射音を恐れたのかもしれませんね」

「いや、同じように逸らして撃ったとしても、射撃者の立ち位置によっては海に落ちてしまった可能性が高い」

「あ、そういうこともあり得ますね」

「いずれにしても、犯人は古田っていう男を、強く憎んでいたとしか思われないな」

「ええ、復讐《ふくしゅう》という色合いを感じます」

「その点でも剱崎海岸の一件と相通ずるものがあるな」

「お言葉の通りだと思います。もし復讐心など持たないプロの仕業か、あるいは……」

「レクター博士か」

「反社会性パーソナリティ障害です」

夏希の言葉を上杉は無視して続けた。

「どうもいろいろとちぐはぐな印象の強い事案だ」

上杉は考え深げに言った。

「ちぐはぐな印象をうまく説明できる一本の柱を見つけたいですね」

「そうだな。きっと見つかるさ」

アリシアと会えたためか、夏希の心は明るく変わっていた。

それに、一昨日買ったトレッキングシューズは履き心地がよかったし、パーカーのおかげか、まったく寒さを感ずることもなかった。

上杉の言う「フィールドワーク」には、見合ったウェアが快適であることを身にしみて感じた。高額な出費に意味があったことに夏希は満足していた。

クルマに戻った上杉はイグニッションを廻《まわ》しながら唐突に言った。

「昼飯食ったら、午後から聞き込みに廻るぞ」

「どこへですか」

「当たり前だろ。被害者の周辺だ」

上杉はアクセルをふかし、クルマをスタートさせた。

【5】＠二〇一八年二月一日（木）午後

桃林大学附属病院は、保土ヶ谷《ほどがや》バイパスの下川井《しもかわい》ICに近い場所にあった。

ここは病院施設だけで校舎はなく、丘の上に真新しい八階建ての白い建物が堂々とした姿を見せていた。

心臓外科のある五階でエレベーターの扉が開くと、グルタラール消毒剤の臭いが鼻を衝《つ》いた。

（ん、この臭い……）

勤務医時代の感覚が全身に蘇《よみがえ》る。

とくに外科領域では機器の消毒によく使われる薬剤だが、刺激臭が強い難点がある。

「神奈川県警なんですけどね……」

総合案内で警察手帳を出しながら用件を告げる上杉に、受付の若い女性は頰を引きつらせた。

行き交う早足の看護師たち、患者が点滴を受けながら急いで運ばれてゆくストレッチャー。専門外科の病棟は、いつだって緊張感に満ちている。

しばらくするとケーシー白衣姿の四十前くらいの男性が廊下を近づいて来た。

丸顔のなかで医者らしい冷静な両眼が目立つが、それ以上に突き出たお腹が存在を主張している。医者の不養生を絵に描いたようなタイプである。

「県警刑事部の上杉です」

「同じく真田と申します」

上杉に倣って、夏希も警察手帳を提示した。

「心臓外科シニアスタッフの榊原《さかきばら》です」

榊原医師は上杉の顔を見て緊張感いっぱいに眉根《まゆね》にしわを寄せ、続けて夏希を見て口元をゆるめた。

すぐに静かな表情を作って、榊原医師は近くのアイボリーの樹脂レザーのソファセットをすすめた。

入院患者と面会人のための談話スペースのようである。

「シニアスタッフというのは、どんなお立場なんですか」

上杉は無理して愛想のよい声で訊《き》いた。

「当病院の心臓外科では、教授、准教授の指導の下で一丸となって治療に当たっております。そのなかで、講師はシニアスタッフという立場になるわけです。シニアスタッフを実質上のリーダーとして、医局員や後期研修医、さらに看護師が一つのチームを形成し、日頃の患者さんの治療に当たっております」

「なるほど、榊原先生はチームを率いているというわけですな」

「はい、講師として第二チームを受け持っております」

「ところで……」

「古田くんの件ですか……昼前に見えた刑事さんに聞いて本当に驚いております」

榊原医師は険しい顔つきに変わって答えた。

「たびたびのお尋ねで恐縮です」

「まったくですよ。今日は夕方から手術が入っているんですから」

愛想のない顔で榊原医師は正直な答えを返した。

「古田先生はどういうお立場でしたか」

「彼は医局員です。うちは信濃町大学病院系列ですが、古田くんも信濃町の卒業生です」

私立大学医学部の雄と言ってよい。古田は秀才だったのだ。

「古田先生の勤務状態についてなにか問題となるようなことはありませんでしたか」

「いやまったくないですね……勤勉で優秀な心臓外科医でした。将来は講師になったのではないですか」

「製薬会社とのおつきあいなどはありましたか」

「そのあたりは、教授や准教授の領域なので、我々下々の者にはほとんどつきあいはありませんね」

榊原医師は突き放したように答えた。

これは嘘ではないだろう。どんな薬や医療材料、機材を選ぶかについて決定権を持つのは教授である。製薬会社の営業マンなどが一般医局員に接触してくる機会はまずないと言ってよい。

「最近、個人的に古田さんが他人から恨みを買うようなことはありましたか」

「いや、そんな話は聞いておりません」

上杉は榊原医師の顔を見て重ねて問うた。

「昔の話でもいいんですが」

「まったく記憶にないですね……もうよろしいでしょうか」

あきらかに苛立《いらだ》った声で、榊原医師は事情聴取の打ち切りを求めた。

「同じチームのほかの方にもお話を伺いたいのですが」

上杉が食い下がると、榊原医師は不機嫌な顔つきで答えた。

「皆、勤務中ですから……わたしが代表してお答えしております」

「少しだけでも」

榊原医師は大きく首を横に振った。

「心臓外科はきわめて緊張度の高い医療を行っています。スタッフはいつも職務に集中していなければなりません。申し訳ありませんが、お断りさせて頂きます」

口調がかなりきつくなった。

この言い分も嘘ではないだろう。夏希が勤務していた総合病院でも、クリップ手術という術式で僧帽弁閉鎖不全症の患者に手術を行った。翌日、僧帽弁に装着した金属製のクリップが外れ、緊急手術を行ったことがあった。幸いその患者は一命を取り留めたが、こんな場合に少しでも施術が遅れれば、むろん生命取りになる。待ったなしの心臓外科は、各診療科のなかでも職務に対する緊張感が高いはずだ。

「そうですか……わかりました」

「今度からは事前に連絡して頂けると助かりますね」

嫌味を口にして、榊原医師は立ち去った。

「申し訳ありません」

上杉は頭を下げた。

帰りのエレベーターで夏希はため息をついた。

「収獲はゼロですね」

「そうでもないだろう」

夏希は我が耳を疑った。

「え、なにか収獲がありましたか」

「あの榊原って医者はなにかを隠してる」

上杉は夏希の顔を真っ直ぐに見て答えた。

「わたしも元は勤務医ですからわかりますけど、榊原先生が言っていたことには、ひとつも嘘はありませんでしたよ。製薬会社の話や心臓外科が緊張度の高い医療を行っていることもすべて本当の話です」

「言っていたことに嘘があるとしたら、古田の昔になにもないと言ったことだ」

「どうしてわかるんですか」

「目がどうかしましたか」

「目だよ」

「昔のことを訊いたら、視線が右上に動いていたよな」

ああそれかと思って夏希は答えた。

「右上に視線が向くのは、実体験に基づいていないことを思考しているときと言われていますね。大脳が構成された視覚イメージを思い描くからだとされています。たとえば将来のことを質問されたら、存在しないことを訊かれているわけですから、視覚イメージを構成して思い浮かべるしかありません。でも、過去のことについて質問を受けたときに、存在しない視覚イメージを思い浮かべて話しているとしたら、その人は嘘をついていることになります」

「だからそれだよ、それ」

上杉ははずんだ声を出した。

「一九七〇年代に『アイ・パターン』として主張されましたが、一般的な考え方とは言い難いかもしれません」

「だとしたら、榊原のあのときの表情全体から摑《つか》んだ俺の直感だ。あの医者は嘘をついている」

こうなると理論もなにもないが、実は間違いだとは言い切れない。上杉が観察力の鋭い人間であるとすると、たくさんの人間の嘘をつく場面を見ていた場合、そこに共通する表情の変化を摑んでいるのかもしれない。

たとえば眉《まゆ》や唇の動き、手の動かし方、あるいは声の調子、発汗など、人間の感情を読み取るための要素はたくさん存在する。そんな要素の無数の組み合わせを上杉が認識し記憶しているような場合でも、言語化しにくいので直感と呼ぶことになるだろう。

高度な思考の末に判断が為《な》された場合に、その理由づけが言語化できないほど細かく複雑なことは少なくない。人はこんな場合にも直感という言葉を使う。

「あいつは嘘をつき慣れてない医者だな」

駐車場まで下りてきてクルマに向かう途中で上杉はつぶやくように言った。

「心臓外科はあまり嘘をつく必要のない診療科ですからね」

「精神科はどうなんだよ」

「嘘って言ったら語弊がありますが、真正直に真実だけを伝えるとは限りませんね」

「やっぱりそうか」

「極端な話をしますが、たとえば、うつ病の患者さんには投薬が有効な場合が多いのですが、『支えてくれる人』は絶対に必要です。医師が支える立場にならなければならないのは当然です。でも、医師と患者さんとの相性が悪いことだってあります」

「そりゃ人間同士だからな」

「でも、そんな態度を少しでも見せたら、治療にとっては大きなマイナスになります。だから、どんなに相性の悪い患者さんと出会っても、自分はあなたに好意を持っているという態度を示します。これは一例に過ぎませんが」

「俺にも少しはそういう精神科医魂を見せてくれよ」

情けなさそうな顔で言う上杉に、夏希は噴き出しそうになった。

「え……わたしこれでもじゅうぶんに好意を持っているという態度を見せていますよ」

「そうかなぁ」

「どだい、上杉さんはわたしのクライエントじゃありません」

「ま、そうだな……治療費払ってるわけじゃないからな」

「そういうことです」

上杉は冗談で言っているのか本気で言っているのか。

「さてお次は、緑《みどり》区だ」

「え……どこに行くんですか」

「堀尾の弟が勤めている場所だ。こっちはアポはとってある」

「あ、わかりました」

夏希たちはクルマに乗り込んだ。

【6】@二〇一八年二月一日（木）午後

道路は横浜線を越える踏切を中心に自然渋滞で混んでいた。十キロに満たない距離にも拘《かか》わらず三十分以上掛かってクルマは北八朔《きたはっさく》公園の緑を背にした公立中学校の正門前に辿《たど》り着いた。

三階建ての白い校舎は比較的きれいだが、建築から十数年以上は経っていそうだ。

「堀尾さんの弟さんって先生だったんですか」

「この北八朔中学校の社会科の教員だそうだ。四時半から三十分だけ会ってくれると言っている」

校舎に入ってたまたま歩いていた教員らしき女性に用件を告げると、すぐに応接室に案内してくれた。

呼び出しの校内放送が入って五分くらいして、痩《や》せて小柄な若い男性が姿を現した。体格同様にあごが細くて目や鼻が小さく貧相な感じの男であった。シルバーフレームのオーバル型の眼鏡を掛けていて、神経質そうな教員らしい風貌《ふうぼう》に感じられる。

「お時間を頂戴《ちょうだい》してどうも。県警の上杉です」

警察手帳を提示しながら上杉は名乗った。

「同じく真田です」

夏希も警察手帳を見せた。

慣れていないせいか仕草がどうしてもぎこちなくなる。

「僕は去年、この学校に新採用として赴任してから歴史を教えています。それから二年生の担任もしています」

「このたびは突然のことでお悲しみのことと存じます」

上杉が月並みな哀悼の言葉を口にすると、堀尾の弟は表情も変えずに答えた。

「兄とは疎遠でしたので……」

「あまり行き来なさっていなかったんですね」

「ええ、同じ神奈川県内に住んでいながら、ふだん会うことはありませんでした。小さい頃はそうでもなかったんですが、兄が東京で寮住まいをするようになってからは、ほとんどつきあいはありません。年も九歳離れていますから」

「あなた方ご兄弟はどちらのご出身ですか」

「千葉県の安房小湊《あわこみなと》です」

「房総半島ですね」

「はい、外房《そとぼう》の鴨川《かもがわ》市です」

「いいところですね」

「まぁ、気候は穏やかですが」

「ご両親はいまも小湊にお住まいですか」

「いいえ、いまは千葉市のほうに姉と一緒に住んでいます」

「ほかにご家族は？」

「いません……」

「お葬式はお済みですよね」

「ええ……先月十日の水曜日に終わりました」

淡々と堀尾は言った。

「お兄さんは優勝な官僚でいらしたわけですが、仕事上で何かトラブルを抱えていたというようなお話は聞いていませんか」

「いえ、そう言う話は、とくに聞いたことはありません。そもそも葬儀の際に死に顔を見たのが、三年ぶりくらいの再会でしたので」

「そうですか。電話やメールなどもなさっていませんでしたか」

「はい、ほとんど没交渉に近かったですね。兄はとにかく忙しくて姉や両親ともほとんどやりとりをしていなかったと思います。この正月も僕は実家に帰りましたが、兄はもともと帰って来る予定はありませんでした」

「お兄さんは大晦日《おおみそか》から元日はずっと一人で自宅にいらしたようなんですが、何をしていたかはご存じありませんか」

「さぁ……わかりません。テレビでも見てたんじゃないんですか」

堀尾の答えはにべもないものだった。

「その……大変伺いにくいのですが……最近、誰かと対立しているようなことを話していませんでしたか」

「いや、知りません。とにかく連絡を取っていませんので」

「本当ですか」

「嘘をつく必要もないでしょう。僕だって兄を殺した人間を早く捕まえて欲しいと願っているんですから」

「そうですよね。失礼しました」

「だから知っていることがあったらお話ししますよ」

堀尾は口を尖《とが》らせた。

「昔はどうですか」

「昔……ですか」

「ええ、過去に誰かと対立したとか、あるいは誰かから恨まれるようなことがあったとか……」

ちょっとの間、天井を見上げて堀尾は考えた。

「さぁ……記憶にないですね」

堀尾は上杉の目を真っ直ぐに見て答えた。

「わかりました。なにか思い出したことがあったら、こちらまでお電話かメールを頂ければ助かります」

上杉は堀尾に名刺を渡した。

「収獲はありましたね」

職員玄関を出てクルマに戻る途中で夏希は小声で言った。

「真田にもわかったか」

「ええ。榊原先生のときはわかりませんでしたが、今度はわかりました。昔のことですよね」

「そうだ。あのとき天井へ目をやったよな」

「わたしもそう思いました。あの仕草は考えている振りをして、実は自分の表情を隠そうとしていたものだと思います」

「あいつも嘘をついている。しかもそれは榊原と同じで、被害者の過去のことと関わりがある」

「なんでそのことを問い詰めなかったんですか」

「堀尾の弟は、いまは構えている。簡単には聞き出せないだろう。こういう場合には不意打ちを掛けるのがいちばんだ」

「不意打ちって？」

「必要になったら奇襲を掛ける。そのときになりゃわかるさ」

上杉はにやっと笑った。

夏希はなぜだかとても不安になった。

クルマに戻って運転席に座るや、上杉はどこかへ電話を掛け始めた。今日の午後の聞き込みについてごく簡単に報告している。

「……ええ、そういうわけですから、堀尾と古田の間に、つながりがないか調べてください。それから、二人についての過去の記録を当たってくれませんか。はい、絶対に何かしら出てくると思います。どうぞよろしくお願いします。え、これから真田を送って直帰します」

上杉は電話を切った。

「誰に電話していたんですか」

「黒田部長だよ。捜査本部の連中とは別に特別捜査隊の誰かに調べて貰《もら》おうと思ってな」

「特別捜査隊って何ですか」

聞き慣れない部署だった。

「刑事部の刑事総務課のなかにあって刑事部長の特命で事件捜査にあたる部署だ」

「捜査一課から三課とは別にですか」

「ああ、そうだ。一課から三課に協力することもあるが、独立して捜査することもある」

「へぇ、知りませんでした」

「優秀な奴が多い部署だ」

「黒田部長とは密に連絡を取っているんですか」

「まぁな……そうじゃなきゃ俺が一人で捜査してたらどこかから邪魔が入るからな」

「つまり上杉さんも特別捜査隊ってわけですか」

「おいおい、隊長は係長級だ。本部では警部の仕事だぞ。俺が隊長だとしても職階給制度と矛盾しちまうんだ」

「な、なるほど……」

上杉は警視だ。警視の給料を払っている以上は警視の職階に置かなければならない。

だから無理矢理、根岸分室を作ったということなのだろう。夏希は納得した。

「まぁ、こちらの進捗《しんちょく》状況は、毎日、黒田部長に連絡を入れてる。部長からは織田と大友参事官に連絡が入って、全員で情報は共有されているわけだ」

「そうだったんですね」

夏希は小さく驚きの声を上げた。

「なにをそんなに驚いているんだ」

「上杉さんは完全な一匹狼かと思ってました」

「はぐれ刑事《デカ》か？　警察小説かなんかの読み過ぎだ。現実の警察組織にそんなもんがいるわけはないだろ」

「それもそうですね」

夏希は妙に納得した。

「さぁ、今日はもう終《しま》いにしよう。真田の家はどこだ？」

「戸塚《とつか》区の舞岡です」

「送ってってやるよ」

慣れない聞き込み捜査で疲れていたので嬉《うれ》しかった。すでに勤務時間も終わろうとしている。しかし……。

「チャットルームのハヤタへの対応はいいんですか」

「あ、忘れてた。小早川から連絡も入らないし、ハヤタはあれきり何も言ってきていないんだろう。ちょっと待てよ」

上杉はふたたびどこかへ電話を入れている。

「……だから、横浜青葉《あおば》ICの近くだよ。今日は直帰だ。小早川、ハヤタの面倒はおまえが見ておけ。なに？　真田はここにいるよ。これから家まで送っていってやることにした。なんだって？　俺たちは一日聞き込みに廻《まわ》ってたんだ。おまえは本部でずっと椅子に座ってたんだろ？　なに、ごちゃごちゃ言ってんだ。ま、とにかく任せたからな」

ほとんど一方的に喋《しゃべ》って、上杉は電話を切った。

「小早川がチャット番を引き受けたぞ。涙が出るほど嬉しいってよ」

「上杉さんの話を聞いている限りは、とてもそうは聞こえませんでしたよ」

夏希と上杉は声を立てて笑った。

上杉はクルマをスタートさせた。

住宅地を覆う空が赤く染まり、あたりには夕闇が忍び寄ってきた。

「ちょっと腹が減った。あそこで飯食ってくぞ」

数十メートル先にファミレスの黄色い看板が見えた。

夏希の返事を待たずに、上杉はクルマの鼻先を駐車場へと向けた。

第四章　初めての体験

【1】@二〇一八年二月一日（木）夜

ファミレスから出たときにはあたりはすっかり真っ暗だった。

夏希の腕時計は七時を回っていた。

クルマは横浜青葉ＩＣから東名《とうめい》高速道路の下り線に入った。

夜空に大きく輪を描くランプウェイで徐々に加速し、本線に合流しようとしたその時である。

ぱぁんと破裂音が響いた。

焦げ臭い匂いが鼻を衝《つ》く。

クルマの後方から火花が散っている。

「きゃあああっ」

夏希はわけもわからず叫んでいた。

「なんだっ」

全力で加速中だったクルマはいきなりふらふらと蛇行し始めた。

「くそっ」

上杉は歯を食いしばってステアリングを切ってクルマをコントロールしようとする。

いったいなにが起こったのだろう。

だが、クルマは横滑りしながら本線に進入してゆく。

本線を黄色いステーションワゴンがものすごいスピードで近づいて来る。

ステアリングを力いっぱい左へ切る上杉の額に汗が噴き出ている。

ワゴンの中年男性らしいドライバーも固まっているように見える。

(ぶつかる!)

その刹那《せつな》、何者かに突き飛ばされたように夏希の身体は左に振られた。

黄色いかたまりがクルマの右横をすり抜けてゆく。

夏希は遠ざかるテールライトを呆然《ぼうぜん》と見送った。

クルマが進入路に戻ったとたん、背後から大型トラックが迫ってきた。

けたたましいクラクションが鳴り響く
ブシュブシュとせわしないエアブレーキの音を立てながら、大型トラックは車線変更をしていった。

からくも接触は免れた。

だが、ふたたびクルマの挙動が不安定になった。

夏希たちは吸い寄せられるように左側に続く防音壁へと近づいてゆく。
目の前の防音壁が、ダムの擁壁のような大きさで迫ってくる。
車体を軋《きし》ませ、火花を散らして、ボンネットは防音壁へと突っ込む。
刻一刻と視界のなかで、防音壁が大きくなる。
（お願い、止まって！）
夏希の全身はこれ以上ないくらいに硬直していた。
両手両足が攣《つ》りそうになっている。
突如、頭のなかで勤務医時代のつらかったことや函館の少女時代、大沼《おおぬま》の祖母や従姉《いと》
妹《こ》の朋花《ともか》の顔がくるくると駆け巡った。
夏希は目を大きく見開いていた。
それにもかかわらず視野がどんどん狭窄《きょうさく》する。
視野の四隅が真っ黒になり、なにも見えなくなった。
がーっという音が、井戸の底で聞くように遠くに響いた。
夏希の意識は幽明の境をさまよっていた。
（明るい……夜なのに……）
気づいた夏希が最初に思ったことは、視界が異常に明るく感ずることだった。
ナトリウムランプの灯りがやたらとまぶしい。
まるで真夏の海岸で陽光にさらされているような錯覚を覚える。

「外に出るなよ！」

上杉の怒鳴り声で我に返った。

防音壁に絡みついた枯れ草が本線を通り抜ける車両が起こす風で揺れている。

車体は傾いて止まっていた。

（助かった……）

すんでのところで、夏希は生命のある世界に戻ってこられた。

防音壁の大きさもナトリウムランプの明るさもふだん通りに見える。

異常事態に出会ったために、大脳のチューニングがちょっとおかしくなっていたらしい。

「わかりました」

振り絞るような発声しかできなかった。

「右後輪が破裂した。ＰＡに待避する」

上杉は宣言するような調子で言った。

クルマはハザードを出しながらノロノロと前進を続けた。

タイヤが一本欠けていてホイールがむき出しなので、ガタガタとホイールの接触音が聞こえる。時速は二十キロほどの低速である。

横浜青葉ＩＣの進入路と港北《こうほく》ＰＡへの導入路は一本につながっている。

クルマは大きく上下に揺れながらＰＡ導入路へと入ってゆく。

幸いにも背後から迫ってくるクルマはなかった。

三百五十メートルほどの位置に港北PAへの分岐点があった。

「鉄チンっていうスチールホイールなんでなんとか保《も》ってくれた。アルミホイールだったら、やわらかいからここまで来られなかったかもしれん」

上杉は肩で息をついた。

せっかく生命が助かっても、高速道路上で後ろから来た車両にはねられる事故は少なくない。PAに待避できたことは幸いだった。

駐車レーンは混んでいたが、端のほうに三台分の空きがあった。上杉は白線のなかになんとかクルマを停めた。

「もう下りてもいいぞ」

「はい……」

夏希は夢中で助手席のドアを開けた。

金臭く焦げ臭い匂いが漂っている。

夏希はクルマの前輪に背中を預けてくたくたとしゃがみ込んだ。

「大丈夫か？」

「生きてます……」

「一本のタイヤが破裂したらしい。怖い思いをさせた……」

上杉はかるく頭を下げた。

「いえ、生きてるから丈夫です」

夏希は力なく答えた。

甲高いサイレンが近づいて来る。

一台の白バイが赤色灯を光らせながらＰＡに入って来た。

背の高いヘルメット姿の白バイ隊員が夏希たちに歩み寄ってきた。

「運転手さん、いったいどうしたの？」

白バイ隊員は尖《とが》った声で訊《き》いた。

「右後輪がバーストしたんだ」

「ここは東名だぞ。危険じゃないか。整備不良だな」

「エアは毎朝見てるし、そんなはずはないんだが……」

上杉は納得できない顔で答えた。

「整備不良じゃなきゃ、いきなりバーストなんてしないでしょ？　あれっ？」

「どうした」

「これ覆面かい」

白バイ隊員は目を見張って室内を覗《のぞ》き込んだ。

インパネの無線機器などに気づいたようだ。

「そうだよ」

上杉はパーカーのポケットから警察手帳を取り出して突き出すように見せた。

覗き込んだ白バイ隊員は、いきなりしゃちほこばった。

「し、失礼しました。高速道路交通警察隊厚木《あつぎ》分駐所の丹羽《にわ》です」

「巡査部長か」

「はい、そうです。あのぉ……そちらの女の方は」

「俺の部下だ。刑事部の女警だよ」

「平気ですか？　顔、真っ青ですよ」

丹羽は気遣わしげな声で夏希に訊いた。

「だ、大丈夫です……少し休めば……」

夏希は必死で答えを返したが、全身にまったく力が入らない。

「丹羽くん、右後輪を一緒に見てくれないか」

上杉はフラッシュライトを持ち出してきた。

「はっ、お安い御用です」

上杉と丹羽は身を屈《かが》めてホイールを覗き込んだ。

「このホイールおかしいですよ」

「ああ、この傷か」

上杉はひしゃげたホイールの内側を指さした。

「ええ、弾痕《だんこん》っぽくないっすか」

「そうだな……」

上杉は乾いた声を出した。

「まさかと思うけど、これ銃撃されたんじゃ」

丹羽はホイールを凝視しながら驚きの声を上げた。

上杉はフラッシュライトと自分の頭を近づけてホイールを子細に観察している。

「弾頭が残ってない」

上杉は低くうなった。

「もし銃撃だとすると、弾頭は遠心力で吹っ飛ばされたんですかね」

「たぶんそういうことだろうな」

上杉と丹羽は同時に立ち上がった。

「犯人に心当たりはありますか」

「ないわけじゃない……」

「緊急配備《キンパイ》を掛けたほうがいいんじゃないんですか」

「これから配備掛けても捕まえられるような相手じゃないはずだ。とっくに雲を霞《かすみ》と逃げ出しているさ」

「でも……」

丹羽ははっきりと戸惑いの表情を見せた。

「実は非常に厄介な事案でね。秘密捜査中だ。いいか、この話は上には伝えるな。交機隊の領域の話じゃないんだ」

厳しい声で上杉は命じた。

「は、はい、了解です」

「スペアは自分で交換する。ご苦労だった」

上杉は手振りで帰ってよいという仕草を見せた。

「気をつけてお帰りください」

丹羽巡査部長は挙手の礼をしてバイクにまたがると、太いエンジン音を立てて立ち去った。

「真田、コーヒーでも買ってこい」

ラゲッジスペースから取り出した十字スパナを手にして上杉は命じた。

「はい、いま買ってきます」

夏希は自分の前頭葉と身体に活を入れて立ち上がった。

売店の自販機で買ったカップコーヒーを飲んでいるうちにずいぶん気分は落ち着いてきた。

十分もしないうちに右後輪は、キャリアに背負われていたスペアタイヤと取り替えられた。

ダメになったホイールはラゲッジスペースに収納された。

クルマに乗り込んだ上杉はふたたびイグニッションを廻《まわ》して言った。

「次の横浜町田《まちだ》ＩＣで降りるまでは九十キロは出す。我慢してくれ」

「平気です」

五分ほどすると、夏希の心臓もずいぶん落ち着いてくれた。

「本線への進入路の上に工事中のランプウェイがあっただろ」

上杉はいつもと変わらない声で話しかけてきた。

「弧を描いていた鉄筋コンクリートの造りかけの道ですね」

夏希もふつうの会話ができるようになっていた。

「あれは横浜環状北西線《ほくせい》とつながる横浜青葉ジャンクションの工事現場だ。おそらくあそこから狙撃《そげき》されたんだ」

「二つの事件の……は、犯人ですか」

「ほかに誰が俺たちを撃つんだ。あの位置から正確に右後輪を撃ち抜くとは、よほどの技術を持つ奴だ」

「グレイマン……」

夏希は自分の声が大きく震えているのを感じた。

「そうかもしれん」

上杉もうそ寒い声を出した。

「どこからかはわからないが、遅くとも堀尾の弟の学校に入ったあたりからは跡をつけられていたようだ。いや、根岸からずっと尾行されていたのかもしれん」

「それで待ち伏せされたんですね」

「用事が済むのを待っていたんだろうな。俺もうかつだった。いまの時間、横浜青葉ジャンクションの工事は終わっているから人気《ひとけ》はなかっただろう」

夏希の胸に、あの橋梁《きょうりょう》の端に立って銃を構える黒服の男の姿が浮かんだ。

「あんな高いところに登るなんて……すごいですね」

「肉体的にもすぐれた力を持っている男だろうな」

上杉は視線を前方に置いたままで答えた。

「なんで、わたしたちが狙われたんですか」

「敵は何日も前から俺たちの動きを読んでいたに違いない。今日の俺たちの行動が、敵のお気に召さなかったらしい」

「古田さんの病院と、堀尾さんの弟さんから事情を聞いたことですか」

「ああ、そこをほじくられると困るらしいな」

「というと……つまり」

「今回の二つの殺人は、堀尾と古田の過去に原因があると言うことだ」

上杉の声は自信にあふれていた。

「でも、ハヤタの犯行宣言は……」

「そこなんだ。このふたつの事案におけるハヤタの位置づけがわからない……堀尾のネットでのトラブルと二人の過去にどんな関係があるのか」

「ハヤタが積極的に接触してくれるといいんですけれど……」

「そうだな。いまのところ鳴りを潜めているようだが……」

「ところで、なんで緊急配備を掛けて貰《もら》わなかったんですか」

そんな犯人を野放しにしてよいものか。

「俺たちが東名を使って帰ることも読んでいるような相手が、そんなに簡単に緊急配備に引っかかるとは思えない。緊急配備は二、三時間で解除される。身を潜めて解除を待つか、配備が始まる前にこのあたりから離脱してしまうさ」

クルマは東名高速を降りて保土ヶ谷バイパスに入った。

自動車専用道路だが、それでも八十キロ制限なので、ぐんとスピードが落ちた。

夏希はホッと息をつき、PAで買ってきた緑茶のペットボトルをデイパックから取り出した。一本をコンソールボックスのドリンクホルダーに入れて、もう一本のキャップをひねった。

喉《のど》はカラカラに渇いていた。

「よかったらお茶どうぞ」

「ああ」

上杉の左手がペットボトルに伸びた。

かるがると車線変更しながら、上杉は前を走るクルマを次々に抜いてゆく。

「騒ぎ立てれば、根岸分室が捜査していることが県警中に広まって、これからの捜査がやりにくくなる。それにせっかく敵が尻尾《しっぽ》を出しかけたんだ」

「でも……」

上杉の横顔が急に引き締まった。

「ん……」

「どうかしましたか？」

「後ろの茶色い箱バン、東名のPAからずっと後ろにいるような気がする」

夏希はどきっとして振り返った。

遠いリアウィンドウ越しに濃いブラウンメタリックのキャブオーバーバンのフロントが見えている。仕事仕様と見える地味なバンだった。

上杉はまたも車線変更を繰り返し始めた。

「やっぱりつけられてる」

「いったい誰が……」

「真田と一緒にドライブしているところをやっかんでいる男か？」

上杉の冗談はつまらない。と言うより、冗談を言っている場合ではない。

「犯人でしょうか……」

「おそらくな……」

夏希は全身の血が下に落ちて、全身の体温が下がったような錯覚を覚えた。

「敵は一人だ。暗くて顔がよく見えないが、キャップをかぶってマスクをしている……」

「どうしますか」

「撒《ま》くしかないだろう」

上杉は最初に現れたインターで保土ヶ谷バイパスを降りた。

今朝、桃林大学附属病院に行くために降りた下川井ICだった。

クルマは県道四五号線中原《なかはら》街道を東へ向かって走り始めた。

ナビ板には「丸子《まるこ》橋《ばし》二十キロ」と表示されているが、夏希にはそこがいったい何市なのかもわからない。

「やはり間違いない。奴はつけてきている」

振り返ると、一台の白い軽乗用車をはさんで、茶色いバンの姿が見えた。

「どこで撒くかな」

上杉はぼそりとつぶやいた。

道路は空《す》いていて、制限速度いっぱいでクルマは東へ進む。

中央分離帯があったり、双方向が別道路になっていたりして変化に富んだ道だった。

左側にはズーラシアの看板が出ている。

しばらく行くと、道路の左手には大きな公園が現れた。

「まずいな……すぐ後ろに入られた」

上杉の声が宙に残っているうちに炸裂音《さくれつおん》が響いた。

ばしゅん、ばしゅん。

「くそったれ。撃って来やがった」

上杉は叫び声を上げた。

夏希の背筋が凍った。

脈拍と血圧が急上昇しているのがわかる。

耳鳴りとめまいが夏希を襲った。

またタイヤを撃たれたら、クルマがほかのクルマに突っ込んだら……。

「真田、おまえ拳銃《けんじゅう》撃てるか」

上杉が張り詰めた声で訊《き》いた。

「む、無理です」

夏希は大きく首を横に振って拒否した。

「当たらなくてもいいんだ。威嚇だけでもいい」

「一発しか撃ったことありません」

それもあらぬ天井方向に向かったのだ。

上杉は大きく舌打ちした。

「じゃあ、車の運転はどうだ」

「ペーパードライバーです」

「いいか、俺が撃っている間、ハンドルを支えていろ」

「無理ですっ」

夏希は声を嗄《か》らして叫んだ。

ばしゅん。

ふたたび射撃音が聞こえた。

首の筋肉が激しく強《こわ》ばった。

「死にたいのかっ」

「わ、わかりました」

夏希はこわごわ右腕を出して、樹脂製のグレーのステアリングを握った。

掌《てのひら》に伝わる路面の凹凸を拾う振動に、腕が何度も攣りそうになった。

「しっかり握ってろよ。真田が少しでも手をゆるめたら、撃たれる前に道路脇に突っ込んで交通事故死だ」

「は、はい」

夏希は生まれてからいちばんというほど身体を硬直させてステアリングを握った。

ビブラムソールで思い切りクルマの床に両足を踏んばった。

運転席側のサイドウィンドウが下がる音が聞こえた。

冷たい風が吹き込んできて夏希の髪をもてあそぶ。

必死で見据える道路の両脇は公園や駐車場だが、次々に過ぎてゆく電柱や街路樹、ナトリウムランプに突っ込めば大事故は間違いない。時速は七十キロくらいは出ているのではないだろうか。

上杉が上体を乗り出す気配を感じた。

だが、スピードは落ちない。

ばずんっ。

運転席側の窓の外だというのに鼓膜が破れそうな発射音が響く。

真っ直ぐ走ろうとしているのに、クルマは小刻みに左右に蛇行している。

(真っ直ぐな道が続いてて！)

だが、夏希の期待を裏切り、道はゆるやかな左カーブを描き始めた。

夏希は懸命にステアリングを左へと切る。

右肩が引きつって激痛が走った。

ばずんっ。

ふたたび射撃音が響いた。

「よしっ、真田、手を離せっ」

上杉の左右の手がステアリングを握った。

ステアリングから解放された夏希は、お腹の底から大きく息を吐いた。

「フロントグラスに二発お見舞いしたら、敵はひるんだ。全速力で撒くぞ」

上杉は県道から外れて新興住宅地へと続く道へ入っていった。

人気《ひとけ》のない住宅地のなかで、上杉はクルマを狭い道に乗り入れていった。右折左折を繰り返し、クルマは家と家の間をくるくると回って次々に方向を変えてゆく。

ナビひとつ見ていないのに、どうして袋小路に入らないのか、夏希には不思議だった。

この住宅地を熟知しているか、動物のような勘を持っているかのどちらかだろう。スピードは抑えているが、クルマの動作は機敏だった。

振り返ったが、すでに茶色いバンの姿は背後から消えている。

だが、夏希の鼓動は少しも収まってくれなかった。

一筋縄ではいかない相手のことだ。どこの路地に隠れて待ち伏せしているかわかったものではない。

いったん表通りに出たクルマはしばらく進むと、ふたたび別の住宅地に乗り入れた。

同じように、上杉はクルマを右折させたり左折させたりして続けざまに方向を変えている。もともと怪しかった夏希の方向感覚は完全に失われていた。

「撒けたぞ。敵は俺たちを見失った」

上杉の明るい声音に、夏希は身体中の力がゆるむのを覚えた。

「敵のクルマが右ハンドルでよかったよ」

「どういうことですか」

「中原街道は二車線道路だった。もし敵が左ハンドルだったら、右側の車線に並ばれて運転席に向かって弾丸をぶち込まれた。だが、右ハンドルでは無理な話だ」

上杉はおもしろそうに笑った。

夏希には上杉という男の心理が理解できなかった。

自分はまだ震えが止まらないというのに……。

最初に剱崎海岸の現場に行ったときに、恐怖を忘れたいというようなことを言っていたが、そもそも恐怖を感じない男なのではないか。

であるとすれば、恐怖を感受する扁桃体《へんとうたい》が不活性である可能性が大きい。

クルマは高架橋で横浜線を越え、さらに鶴見川《つるみがわ》を越えた。

もともとこのあたりに土地勘のない夏希にはどこをどう走っているのか見当もつかなかった。だが、舞岡とは反対の方向に進んでいるような気がする。

（敵を撒けたのに、どこまで逃げるつもりなの？）

夏希の胸を別の不安がよぎった。

【2】@二〇一八年二月一日（木）夜

大きな交差点を左折すると、いつのまにか中原街道に戻っていた。

はっきりはしないが、舞岡の方向へと鼻先を向けたような気がする。

クルマは工場や住宅地が続く市街地を走り続けている。

「おっ、あったあった」

上杉が嬉《うれ》しそうな声を上げた。

道路の左側の低い丘の上には、紫やピンクの安っぽいネオン管がケバケバしく光っている。

上杉は丘へ続く細い道へと、ステアリングを切った。

「ええっ」

夏希は素《す》っ頓狂《とんきょう》な声を上げていた。

迷わず上杉は、ホテルへのゆるい坂道を登ってゆく。

ネオンが近づいて来て、目の前に茶色いタイル張りのホテルが現れた。

白っぽいタイル塀に取り付けられている看板は「二時間二九八〇円」とか「フリータイム四四八〇円」などとデカデカと書かれている。

言うまでもなくファッションホテル、別名ラブホである。

夏希の膝《ひざ》はガクガクと震え始めた。

上杉は黙って厚手の緑色の樹脂カーテンを通り抜け、クルマを敷地内に乗り入れた。

両側に五台分ずつ、合わせて十台のガレージが並び、一枚ずつ同じようなカーテンが下がっている。

ネオン管同様に古いタイプのラブホのようである。

上杉は一〇五と室札の出ているカーテンに、クルマの鼻先を突っ込んだ。

ガレージにクルマが収まると、上杉はおもむろにエンジンを切った。

夏希の膝の震えは止まらない。

「今晩はここで泊まる」

上杉はにこりともせずに横顔で言った。

「こんな……ところ……嫌です」

夏希はあえぐような声で言った。

「馬鹿野郎、死にたいのか」

上杉は怒鳴り声を上げた。

「え……」

夏希は上杉の両眼を見つめた。

その目にははっきりとした怒りがみえる。

「まず間違いなく、あいつは東名の狙撃者《そげきしゃ》だ。そんな男を真田の家まで引っ張ってゆくつもりか」

一瞬、夏希は背筋が寒くなった。

そうでなくても舞岡の夏希のマンション周辺は暗い。以前、ストーカー的な殺人犯、シフォン◆ケーキに待ち伏せされて拉致《らち》されたことさえある。

あのときの恐怖が蘇《よみがえ》って、全身の毛穴が開くような錯覚に陥った。

「でも……」

夏希は戸惑いを隠せない。

「いまはうまく撒《ま》けたが、真田の家か俺の家か、あるいは根岸で待ち伏せしている恐れがあるんだぞ」

「だけど、さすがにここは……」

上杉は眉間《みけん》に深い縦じわを寄せた。

「敵は俺たちがここに入ったことを確認できていない。夜が明ければ安全度は格段に増すんだ。ひと晩ここに潜伏して、明日《あした》の行動を慎重に検討しよう」

どこまでもまじめな顔つきである。

やはり本気で言っているのか。

「さっきの銃声で機捜か所轄が駆けつけてくるかもしれませんよ」

「もしそうだとしても、のこのこ顔を出すのも後々面倒だろ」

「はぁ……」

たしかにいろいろと手続きやら釈明やらが必要となるだろう。

「とにかく今夜ひと晩、いちばん安全なのは、このままここで朝を迎えることだ」

上杉はそれだけ言うと、さっさと車を下りた。

こんなガレージの中に一人取り残されるのも不安だし嫌だった。

「ちょっと待って」

夏希はあわてて上杉の背中を追った。

上杉は目の前の液晶パネルの前に立った。

タッチ操作をしてポケットから一万円札を無造作につかみ出して機械に入れた。

釣りの紙幣が出てくると、入室を許可するランプが点灯した。

フロントを通るのかと身構えたら、これだけの手続きでチェックインと支払いができるらしい。入退室のプライバシーは守られているわけだ。

ガラスのドアの前に上杉が立つと、音を立てて入口は開いた。

すぐに現われた黒っぽい扉のノブを上杉はさっと引いた。

ためらいなく入ってゆく上杉に遅れまいと夏希も室内に身を入れた。

一歩足を踏み入れると、部屋の中は安っぽい芳香剤とタバコの臭いで胸が悪くなりそうだった。

だが、外のケバケバしい看板に比べると、室内はそれほど変わっているわけではなかった。

小さなバラの模様を散らしたビニール壁紙に、オーク調のローテーブル、ライトブラウンのレザーソファと意外とこざっぱりしたインテリアだった。

しかし……。

部屋の三分の二を占めるのは、バラの花のベッドカバーが掛かったダブルベッドだった。

ホテルの性質上、当然の設備だが、見ているだけで恥ずかしくなる。

もちろん夏希はこんなホテルに入った経験はない。

上杉は部屋の隅に置かれたローテーブルの前のソファにどかっと腰を下ろした。

二人掛けが一脚しかない。上杉とソファに並んで座るのは嫌だった。

仕方なしに、夏希はその奥にあるドレッサーの椅子に鏡に背を向けて座った。

「飯とるか？　どうせロクなもんはないだろうが」

上杉は素っ気ない調子で訊《き》いた。

「いいです。お腹空《す》いてません」

とてもではないが、なにかを食べる気にはなれなかった。

「俺もビールだけでいいや」

部屋にはドリンク類の自販機がうなっていた。

「真田は、なんか飲むか」

「お茶でいいです……」

ガコンと自販機がペットボトルの落ちる音を立てた。

「ありがとうございます」

夏希はペットボトルを受け取ったが、いまは口をつける気になれなかった。

そんな夏希には少しもかまわず、上杉はビール缶を開け、あっという間に喉《のど》を鳴らして飲み干した。

続けて、上杉はデイパックのなかからノートPCを取り出してローテーブルに置いた。

カーペットにあぐらをかいた上杉はマウスを操作し始めた。

根岸分室にいる時と、まったく変わらない背中だった。

「おっ、小早川からSOSが入っているぞ」

上杉は画面を指さした。

——ハヤタから接触がありました。真田さんに対応して頂きたく。

上杉はPCで通信ソフトを立ち上げた。

「おい、小早川。俺だ」

上杉はPCに向かって呼びかけた。

「あ、上杉さんっ。どこです？　真田さんは？」

スピーカーから小早川の気ぜわしい声が響いた。

「真田は一緒にいる。捜査の都合上、ある場所に停滞している。今日は根岸には帰らん」

「張り込みとかですか」

「いまは言えん。ところでハヤタがなんか言ってきたのか」

「これ見てください。チャットルームへの投稿です」

——ハヤタです。古田重樹は悪人だから罰を与えました。《陰悪《いんあく》も又天誅不遁事《またてんちゅうのがれざること》》

「犯行声明ですね」

夏希の声は上ずっていた。

「間違いないです」

小早川の声も弾んでいた。

「ところで、おまえにネカマやれって言っといただろ」

上杉が茶化すと、小早川はまじめな声で答えた。

「プレッシャー多すぎて無理ですよ」

「真田、ハヤタに、なんか答えてやれ」


――ハヤタさん、どうしてそんな悲しいことをするの？　もうやめて！　かもめ★百合

夏希がキーボードを操作するそばから上杉がからかった。

「小早川、おまえこれくらいのことも書けないのかよ」

「いちおう、お二人に相談しようと思いまして……」

三十分後、着信を告げるアラームが鳴った。

夏希は緊張して画面に見入った。


――堀尾も古田も極悪非道な悪事を働いた男です。天罰が下されなければこの世に正義は存在しないことになってしまう。だから殺しました。

――待って。二人がどんな悪事を働いたの？

――それはあなたには関係がないことです。

――わたしはあなたの力になりたい。困っていることがあったら、わたしに話して下さい。

――僕はあなたの助けを必要とはしていません。ではまた。

それきりメッセージは途絶えた。

「これだけじゃ、ハヤタがどんな人間なのか、まったくわからない……」

夏希はつぶやいた。

しばらく待ち続けたが、その後の着信はなかった。

「ところで、もうひとつとんでもないものを見つけました」

小早川は自信たっぷりに言った。

「なんだ。とんでもないものって」

「被害者の古田重樹さんが運営していたブログです」

「そんなものがあったのか……」

上杉の声もわずかに高まった。

「はい、去年の秋に開設したミステリー小説や警察小説の書評をしているブログでした。どうやら古田さんは小説好きだったようですね。ブラウンマスタードというハンドルを使っていました」

「書評ブログですか」

堀尾のブログは仮想通貨だった。二人とも職業とは無縁のブログを開設していたことが、夏希には興味深かった。

「なかなか人気のあるブログで、フォロワーも千人以上はいました……ところで、このブログ上で古田さんと激しく対立する人物が一人いました」

「もしかして……」

夏希の声に打てば響くように小早川は答えた。

「そう、ハヤタを名乗っているのです」

「堀尾さんも古田さんもネット上の恨みで殺されたという可能性が大きくなったのですね」

夏希は自分の声が高まるのを感じた。

「やはり、その線が本筋だと思いますよ。わたしは」

強い口調で小早川は言い放った。

「小早川さん、ハヤタのＩＰアドレスは追跡できないんですよね」

「いまのところは残念ながら……奴の身許《みもと》さえ辿《たど》れたら、すべては解決できるんですが」

小早川は悔しげな声を出した。

「まぁ、頑張ってくれ」

たいして期待していないような顔で上杉は励ました。

「それから、黒田部長から重要連絡が入りました。瀬上池の遺体解剖が終わったとのことです」

「そうか、どうだった？」

「被害者は池に落ちた後で射殺された模様です」

「なんだって……肺か？」

「ええ、肺に池の水が相当量入っていて、溺死《できし》寸前だったところを撃たれたらしいです」

これは法医学のイロハのイだ。もし、古田が殺されてからその死体が池に投棄されたのだとすれば、肺の中に水が入ることはないのだ。

「ほかには？」

「額と頭頂部付近に三センチほどの間隔で二つの銃創が残っていました。これは……」

「剱崎の犯人と犯行態様が一緒だな」

「その通りです。また、遺体内に残存していた銃弾は十ミリオート弾でした」

夏希はゾクッときた。

「同一犯とみて間違いないな」

「栄署に立った捜査本部でもそのように判断していて、三崎署と合同捜査本部を構成するようです」

「ようやくそうなったか……で、あいつらはまだグレイマンを追っかけてるのか」

「はい。暗礁に乗り上げているみたいですが」

「黒田部長や織田からは、ほかになんか言ってきていないか」

「いえ……別に……」

「堀尾や古田との関係と、二人の過去について調べてくれと依頼してある」

「そんな話は出ていませんね……」

「まぁ、何か出たら、俺に電話してくるだろうな」

「そうですよ。部長は何度電話しても上杉さんが出ないっておかんむりでしたよ」

「手が離せなかったんだ。部長にはまた電話入れとくよ」

たしかに上杉はステアリングから手が離せなかった。

ほんのわずか離した時には、夏希が代わらざるを得なかった。

東名からここまでの緊張の時間のなかで、電話に出る余裕などはなかった。どだい、電話が鳴っていることにすら気づかなかった。

「ところで小早川、このナンバーの所有者照会しておいてくれ。練馬《ねりま》301や……」

上杉はポケットから紙切れを取り出して自動車のナンバーを伝えた。もちろんあの襲撃者の茶色のバンのナンバーだろうが、いつの間にメモしていたのか。

「了解しました」

「たぶん盗難車だろうがな……」

「なんの車両のナンバーなんですか」

小早川の問いに上杉は答えずに続けた。

「いったん、通信切るぞ。何かあったら、電話してくれ。何時でもいい」

「了解です。夜中でも電話入れますよ」

上杉はマウス操作をして、通信を終了させた。

夏希は上杉に話してみたいことがあった。

「完全な印象に過ぎないんですが……」

「気づいたことがあったら、教えてくれ」

「ハヤタは、わたしがいままでネット上で接してきた犯人たちとは明らかに違います」

小骨のように心に引っかかっていることだった。

「どういうことだ」

「いままでわたしに対話を求めてきた人間は、すべて確信犯と言える人たちでした。自己顕示欲や承認欲求、自分の立場の正当化などを求めて、わたしにメッセージを送り続けました。ハヤタにはそんな意欲がほとんど見られません」

「たしかにほとんどメッセージを送ってこないな」

上杉は鼻から息を吐いた。

「ハヤタがわたしに対話を求めてきているのは、かたちだけという気がするのです。堀尾さんには、あんなに突っかかっていったのに、わたしとは本気で対話する気がないとしか思えません。なにかが……なにかがおかしいんです」

「何が言いたい？」

　上杉は夏希の顔を真っ直ぐに見つめた。

「はっきりとはわかりません。ただ、ハヤタは、わたしがいままで接してきた、ほかの犯人の真似をして対話を求めているような振りをしているような気がするのです」

　いままでの事件の概要の一部は報道されていた。

「なるほどな」

　上杉はかるくあごを引いた。

「その実、自分に都合のよいメッセージを警察に送ってきているだけかもしれません」

「都合のよいメッセージ……」

「自分が堀尾さんと古田さんを殺したという宣言です」

「それが作為的だと言うわけか」

「絶対にそうだとは言い切れません。もし、そうでないとすれば、とても忙しくて滅多にメッセージを送れない人物なのかもしれません」

「単純にその可能性もあるんだな」

　上杉は考え深げに腕を組んだ。

「ところで瀬上池で、どうして空薬莢《からやっきょう》が四発もあったかはっきりしたな」

「はい……」

想像すると恐ろしい光景が夏希の目に浮かぶ。

「犯人はあえて逸《そ》らして銃を二発撃って、古田を池に飛び込ませたんだ」

上杉も夏希とまったく同じことを考えていた。

「そうとしか思えません」

「寒かっただろうな」

「どれだけ怖かったことでしょう……どう考えても嗜虐《しぎゃく》的な人間か、復讐心《ふくしゅうしん》の強い人間のどちらかです」

通信が終了して小早川の存在が消え、事件についての会話が途切れると、ふたたび夏希を緊張感が襲った。

この部屋は耐えられないくらい居心地が悪い。

上杉の人物を信頼し切れるほど、一緒の時間を過ごしたわけではなかった。

「俺は寝るぞ」

上杉はパーカーを脱ぐと、着ていた服のままソファにごろんと横になった。

すぐに高いびきが聞こえてきた。

空寝ではないかと、しばらくようすを見たが、上杉が目覚めるようすはない。

夏希はこっそりシャワーを浴び、部屋に備え付けてあった浴衣《ゆかた》を着た。

抜き足差し足で寝室に戻るが、相変わらず上杉は大きないびきを掻《か》いている。

壁際の調光器で部屋の灯りを最小に落とした。

一人では大きすぎるベッドに潜り込んだが、どうしても寝つけない。

精神を緊張させる要素がここまで延々と続く日は、生まれてこの方、ただの一度も存在しなかった。まさに初体験の連続であり、身体はくたくたに疲れていた。

だが、気持ちが高ぶって、少しも眠くならない。

今日、夏希たちを襲ってきた犯人は、ふたつの現場の射撃手と同じ人物である可能性が高いだろう。

工事中のランプウェイからの狙撃、運転しながらの銃撃……。

少なくとも熟練したヒットマンに違いない。

二つの現場で、堀尾と古田を殺した鮮やかな銃撃方法とも合致する。

堀尾のエクスカリバー、古田のブラウンマスタードを憎んでいるハヤタなのだろうか。

しかし、ハヤタの人物像はヒットマンとは重ならない。

この方程式はどうしても解けそうになかった。

(待てよ……)

ひとつの項を代入してみたらどうだろうか。

(偽装……)

もし、ふたつのブログの対立が偽物だとしたら……。

ポストとレスを同一人物が行っている、いわゆる自作自演は、巨大掲示板やSNSでは珍しいことではない。

それに、堀尾がエクスカリバーであるという根拠も、遺体の着衣から発見されたスマホに、エストニア経由のプリペイドSIMが入っていたという事実だけに過ぎない。よく考えれば、犯人が堀尾の死後にスマホのスロットに挿して偽装したという可能性も捨てきれない。

夏希はベッドから半身を起こした。

実際には堀尾も古田もそんなブログを運営している事実はなく、すべては犯人の作り出した虚構ではないのか。

要するにエクスカリバーとブラウンマスタード、ハヤタはすべて同一人物だとしたら……。

ブログ上での感情的な対立も、完全な虚構だと言うことになる。

(すべてが虚構ではないのか)

エクスカリバーとブラウンマスタードのアカウントについても、検証が必要だろう。

この二つのアカウントは、ハヤタと違ってブログを開設している。少なくともきちんとしたメアドくらいは保有していなければ申し込めないはずだ。

二人のメアドなどは果たして真正のものであるのだろうか。なにかしら偽りがあるのではないか。こういうことは小早川に調べて貰《もら》えるだろう。

（つまりはブログも対立も、捜査を攪乱《かくらん》するための工作に過ぎないのか）

では、やはりプロの殺し屋というグレイマンが狙撃者で、黒幕は多国籍製薬マフィアなのだろうか。

何の気なしに夏希はかたわらのスマホをとった。

ホーム画面を触っていたら、カレンダーが立ち上がった。

事件は正月元日と三十一日に起こった。一月の初日と最終日、月曜日と水曜日、このことに何らかの意味はあるのか……。

念のために月齢カレンダーをチェックしてみる。

（そうか、十五夜と十五夜だ）

犯人は殺害現場が昼のように明るい日を選んだのだ。夏希は根岸の居酒屋から出た時の満月を思い出した。あの晩もよく晴れていた。深夜には月食は終わっていたはずだ。

やはり被害者たちの恐怖をあおろうとしたものか。

そのとき……。

「なぜ……なぜだ。なぜ、誰も彼もが真実を覆い隠そうとするっ」

いきなり上杉の大声が響いた。

驚きのあまり、夏希はベッドの上で十センチは跳ねた。

「そんなに我が身が可愛いのか。卑怯者《ひきょうもの》めっ」

上杉の声は苦しそうだった。

「う、上杉さんっ？」

だが、上杉は大きないびきで答えた。

ソファの上の上杉は固く目を閉じている。

（なんだ……寝言か……）

「俺は負けない。負けるものか」

しばらく上杉はうなり声を上げていた。

きっと警察庁の不正を、まわりの官僚たちが隠蔽《いんぺい》しようとしたことを夢のなかで思い出しているのだろう。

上杉自身はなにも言わないが、誰も味方になってくれなかったことに深く傷ついているものに違いない。

夏希は痛ましい思いでいっぱいになった。

それにしても大きな寝言である。

大声での寝言はレム睡眠行動障害の恐れがあり、レビー小体型認知症やパーキンソン病の兆候である場合も少なくない。夏希は上杉にＭＲＩ検査を受けさせたいと思った。

「カリナ、目を開けてくれっ」

ふたたび上杉の大声が響いた。

（いま、カリナって言ったよね？）

女性の名前としか聞こえない。

「お願いだ……死なないでくれ……」

今度は泣いているようにも聞こえる、かすれ声の寝言だった。

それきり上杉の寝言は途絶え、部屋に響くのはただ、いびきだけだった。

いまの寝言は、愛する人との別れのつらさへの慟哭《どうこく》のように聞こえた。

上杉にそんな女性が存在したのだろうか。

つらつら考えるうちに、夏希はいつの間にか意識を失っていた。

他人の体温とたばこ臭い匂いでうつろに目が覚めた。

誰かの影がベッドの上に覆い被《かぶ》さってくる。

「きゃあ、やめてっ！」

夏希は影を両手で思い切り突き飛ばした。

「どうしたんだ？　そんな声出して」

上杉の驚きの声に、夏希は完全に覚醒《かくせい》した。

「すみません、寝ぼけました」

妙な勘違いをしたことが恥ずかしくて夏希はうつむいた。

「もう七時だ。いい加減に起きたらどうだ」

上杉はあきれ声を出した。

窓の外から小鳥のさざめきが聞こえている。

遮光カーテンのせいで、部屋は薄暗い照明のままだった。

「さ、出かけるぞ」

「どこへ行くんです」

「待ち伏せさ」

上杉は凄《すご》みのある笑顔で笑った。

昨夜の寝言の話をするのは気が引けた。もちろん、上杉に対して受診の勧めなどは言い出せなかった。

「ちょっと小早川さんに電話していいですか」

「用があるのか」

「ええ」

「五分後に出発する」

夏希が電話を入れると、十回のコールで小早川が出た。

「エクスカリバーとブラウンマスタードのアカウントが、本当に間違いのないものか検証して頂きたいんです」

「どういうことです？」

夏希はベッドのなかで思いついた仮説を説明した。

「自作自演ですか……」

小早川がうなった。

「ひとつの仮説に過ぎませんが」

「わかりました。なぜよブログはまともなメアドでないと開設できないはずですので、そのメアドを発行しているプロバイダなどに確認してみましょう」

小早川は気軽に引き受けてくれた。

「ところで上杉さんにも伝えといて下さい。昨夜照会を依頼されたナンバーは練馬区内の内装工事業者のもので、二十六日の夜に横浜市内で盗難に遭っていました」

「やっぱりそうでしたか。伝えます」

電話を切った夏希はドキドキしながら部屋からガレージへと出た。

このあたりに知り合いがいるわけではないが、先日の葉山での一件もある。

レストランから織田と出るところを見られたのも恥ずかしかったが、いまこの場面を誰かに目撃されたらと思うと鳥肌が立つ。

ガレージのなかにも、小鳥の鳴き声が響き続けていた。

【3】@二〇一八年二月二日（金）朝

上杉はホテルのガレージから出る時にも慎重だった。

いったん徒歩で敷地外に出て、油断なくあたりを観察している。

さらに出口の樹脂カーテンをボディが出る時にも、何度も周囲を確かめてゆっくりと道へ出た。

クルマがホテルから出てしばらくの間、助手席の夏希はうつむいてずっと顔を隠していた。

幸い、対向車一台にも出会わずに、クルマは一二号線という県道へと出た。

県道に入る時、夏希は緊張して後ろを振り返った。

だが、昨夜の茶色のバンはもとより、背後には車両の影はなかった。

「昨日の茶色のバン、二十六日に横浜市内で盗難に遭った車だそうです」

「二十六日の晩か……」

上杉はそれきり黙った。

「誰を待ち伏せするんですか」

「ああ、堀尾の弟だよ。奴が通勤するところを待ち伏せて事情聴取だ」

上杉は口元を歪《ゆが》めて不穏な笑顔を見せた。

道は空《す》いていた。クルマはあっという間に堀尾の弟が勤める公立中学校の正門前に着いた。

「こんなに近い場所だったんですか」

「三・六キロだ。だからあのホテルを選んだ」

ぐるぐると住宅地を廻《まわ》って、襲撃場所に近いホテルを選んだというのか。

「だけど……」

「襲撃された場所がすぐ近くだと言いたいんだろう？」

「そうです。危険じゃないんですか」

「逆だよ。誰だってあんな危険な目に遭ったら、その場所から少しでも遠ざかりたいと思うだろう。今朝になってこんなところをウロウロしていると考える人間はいないさ」

上杉は低い声で笑った。

たしかに理屈は通っている。しかし、あの逃亡劇の最中に、そんな理屈を考えてあのホテルを選んだ上杉の心理構造は、やはり夏希には理解できないものだった。

いや、少しは理解できてきたかもしれない。

要するに上杉輝久という男は、少し鈍感なのだ。

「真田、学校の保護者の振りして電話してみてくれ」

上杉はスマホを差し出した。

「なんて電話するんですか」

「堀尾がまだ出勤してないかを確認するんだよ。ついでにクルマ通勤かどうかも確かめて欲しい」

「わかりました……」

自信はなかったが、できないことはあるまい。

七時十八分だ。教員は夏希と同じで八時半から勤務だと思う。ふつうはまだ出勤していないだろう。

「おはようございます。北八朔中学校でございます」

電話には妙に愛想のいい年輩の女性が出て教頭だと名乗った。

「二年二組の鈴木《すずき》と言います。堀尾先生をお願いしたいんですけど」

ちょっと強気で感じの悪い母親を演じてみる。堀尾教諭に苦情を入れているという設定だ。

「え？　三組の鈴木さんじゃないんですか」

教頭が怪訝《けげん》な声で聞き返した。

「あ、はい三組の鈴木です」

「堀尾はまだ、出勤していません」

「遅いわねぇ。道路混んでないんだけど」

夏希はまわりを見まわしながら、適当なことを言った。

「いえ、堀尾はバス通勤だと思いますが……」

「あら、そうでした。またお電話します」

電話を切った夏希の背中に汗がにじんでいた。

（まだまだ修行が足りんな）

そう思った途端、自分は心理分析官なのに、まるで特殊捜査班の刑事のような仕事をさせられていることに気づいて苦笑した。こんな修行は本来する必要はないはずだ。

「堀尾先生はまだ出勤していません。それから、バス通勤だそうです」

夏希はスマホを返しながら告げた。

「よしっ……ここの学校には公園前という至近のバス停があるな。そこで待ち伏せだ」

上杉はスマホを覗《のぞ》き込みながら弾んだ声を出した。

公園前というバス停は中学校のある高台から少し下った市道沿いにあった。バスの本数は一時間一本ときわめて少ない。

「もうすぐバスが来る。真田、運転席に座ってろ」

「え、わたし運転できません」

昨日は死ぬ気でステアリングを握ったのだ。

「別に運転なんかしなくていいんだ。運転席に人がいれば誰も怪しまんし、ミニパトに切符も切られんだろ」

にやっと笑って上杉はクルマを降りてバス停の標識のある場所まで歩いて行った。

七時半過ぎになって銀色のボディに赤い帯を巻いた路線バスがクルマのインサイドミラーに映った。

バスが停まると数人の男女が降りてきた。そのなかに、堀尾教諭の小柄なスーツ姿があった。

上杉がゆったりと堀尾に歩み寄ってゆく。

気づいた堀尾が身体を硬くしているのがわかる。

しばし二人は言い争うような姿勢を取った。

やがて、堀尾はうなだれて上杉の後に続いてこちらへ歩いてくる。

クルマのところまで来ると、上杉は後部座席の左側ドアを開けて堀尾を車内に入れた。

続けて、自分もするりと乗り込み、後ろ手でドアを閉めた。

昨日と同じ服を着ていることが恥ずかしかったが、夏希は愛想よくあいさつした。

「おはようございます」

ところが、堀尾はあいさつを返さず、夏希に向かって苦情を言い立てた。

「あの……昨日、ちゃんと質問には答えましたよね。それなのになぜまた時間を取られなければならないんですか」

「昨日答えてくださらなかったことを聞きたいんですよ」

上杉はにやにや笑いを浮かべた。

「ぜんぶ答えましたよ」

「いいや、あなたは答えていない」

上杉は強い調子で迫った。

「言いがかりはやめてください」

「わたしは警察官ですよ。ヤクザじゃない。善良な市民に、言いがかりなんてつけるわけはないでしょ」

上杉のにやにや笑いは消えない。

「じゃあ、もう解放してください」

堀尾は眉《まゆ》を吊《つ》り上げて叫んだ。

「だから、質問に答えてくだされればすぐにお帰ししますよ」

「何を答えればいいって言うんですか」

ふてくされたように堀尾は答えた。

「あなたのお兄さんには殺されるだけの理由があった。その理由を教えてください」

「し、失礼なっ。兄を侮辱するんですかっ」

堀尾は声を荒らげたが、上杉は皮肉な口調で続けた。

「だがね。あなたのお兄さんは、ある人物から恨みに恨まれて、元日の夜から三浦の剱崎海岸で拳銃《けんじゅう》で追い回されて、最後には頭を撃ち抜かれて死んだんだ。なぜ、そこまで恨まれてたのかを知りたいんですよ」

「僕は知りませんよ」

堀尾はそっぽを向いた。

「いや。あなたは知っているはずだ。昨日はすべてを話してくれませんでしたからね」

せせら笑うように、上杉はあごを突き出した。

「とにかくこんな失礼な態度には我慢ができないっ」

堀尾は右側のドアノブを乱暴に引いた。

「あ、開かない……」

「覚えとくがいい。パトカーの後部座席の右側ドアは、ふだんは開かないように設計されている。被疑者が逃げないようにな。こいつは覆面パトなんですよ」

上杉は鼻先で笑った。

「開けろ。僕は被疑者ではないっ」

堀尾はわめいた。

「あんたが正直に答えないと、二人も殺した殺人鬼が世の中をウロウロし続けるんだ。もしかすると、次の被害も出るかもしれない。もし、第三の犠牲者が出たらあんたのせいだぞ」

急にぞんざいな口調になって、上杉は右手の人差し指を堀尾に向かって突き出した。

「被害者の親族にそんな乱暴な態度を取っていいんですか。上杉さん、あなたを訴えますよ」

激しい口調で堀尾は言い放った。

「訴えたいなら訴えればいい」

上杉は平気の平左で開き直った。

「ああ、訴えてやるとも」

堀尾は歯を剝《む》き出した。

「あんたの他人《ひと》に知られたくない過去を、ほじくり出されたいようだな」

意地の悪い口調で上杉は脅した。

（そ、そんな脅迫していいの……）

夏希は驚いて上杉の顔を見た。

「な、何の話だ……」

堀尾の顔がさーっと青くなった。

「自分の胸に手を当てて聞いてみろ」

この言葉を聞いた堀尾の歯がかちかちと鳴った。

「け、警察がそんな脅迫していいのか」

かすれた声で堀尾は難じた。

「あんたの兄さんが殺されたんだぞ。犯人を捕まえたくないのか」

「兄のことなど知らない」

「いいか。もう一回言うが、殺人鬼を放っておくわけにはいかないんだ。協力しないならこっちにも考えがあるぞ」

上杉は堀尾を追い詰めた。

夏希は見ていられなかった。

こんな尋問方法にはとてもついてゆけない。

「わかった」

肩を落とした堀尾は別人のようにおとなしくなった。

「話す気になったか」

「あのことかもしれない……」

「思い当たることがあるんだな」

堀尾は暗い顔つきであごを引いた。

「兄は……東大の二年生だった十九歳の夏に、警察に捕まって取り調べられたんだ」

気まずそうに堀尾は口をつぐんだ。

「十九歳というと、十四年前だな。その夏に、あんたの兄さんは、いったいなにをやったんだ」

上杉は容赦なく追い詰める。

「僕は子どもだったからよくは知らない」

「嘘ではないな」

「ここまで話しているのに嘘をついても始まらない」

堀尾は口を尖《とが》らせた。

「捕まったのは、あんたの兄さん、一人なんだな」

「いいや、違う……高校時代の仲間たちと一緒だった」

「ほかに何人だ」

「二人だ」

「ほかの二人の名前がわかるか」

「ああ、兄はこの横浜市にある中高一貫の進学校である涼山《りょうざん》学園に通っていた。遠方から入学した生徒は寮に入っていたが、兄もその一人だった。ほかの二人は同級生だった。その頃は別の大学に通っていて、夏休みにうちの実家に遊びに来ていたんだ。一人は信濃町大学に通っていた古田という男だった」

「古田重樹か」

上杉の声は裏返った。

頬がぴりぴりと引きつっている。

夏希も目の前がチカチカするような衝撃を受けた。

連続殺人は十四年前の夏に房総半島で起こった事件に関係があったのだ。

「たしか。そんな名前だった」

堀尾は記憶を辿《たど》るような顔つきになって答えた。

「もう一人は……」

かすれた声で上杉は訊《き》いた。

「下北沢《しもきたざわ》大学の学生で生駒《いこま》……生駒チカオと言ったと思う」

「生駒チカオだな。そいつがいまなにしてるかわかるか」

「いや、さっきも言ったように、僕は子どもだった。小学校の五年生だったんだ。古田や生駒はその頃、兄のところに何回も遊びに来たから覚えているが、その後のことは何も知らない」

「本当だな」

上杉は刺すような目で堀尾の目を見据えた。

「嘘をついて、僕になんの得があるんだ」

堀尾は強い口調で言った。

「取り調べを受けたと言ったが、逮捕されなかったのか」

「よくは知らないが、証拠不十分で釈放されたはずだ」

「立件が難しい事案だったのか……」

上杉は暗い顔でつぶやいた。

「もういいですか」

たまりかねたように堀尾は腰を浮かした。

「ありがとう。大変、参考になった」

上杉が左側のドアからするりと外へ出ると、堀尾も後部座席からごそごそと這《は》い出してきた。

夏希も外へ出た。

「僕の過去をほじくらないと約束してくれるか」

堀尾は額に筋を浮かべて尋ねた。

「ああ、約束しますよ。そんな趣味はないんでね」

両手を開いて上杉は言った。

「嘘じゃないな」

「いまさらほじくったところで、俺の手柄にはならないんでね」

「きっとだぞ」

上杉は黙ってあごを引いた。

「まったく……授業の準備ができなかったじゃないか」

不満たらたらの顔で堀尾は学校に続く道へと身体を向けた。

軽く頭を下げて上杉は堀尾を見送った。

堀尾の背中が角へ消えるのを待って、夏希は口を開いた。

「あんな尋問まずいと思います」

「そうだな。違法だ」

上杉はしれっとした顔で答えた。

「しかも堀尾先生は被疑者じゃないです」

「だが、あいつから重要な証言が引き出せたじゃないか」

「堀尾先生の過去って何ですか」

「知らんよ」

「え？」

「そんなもん調べてる暇なかっただろ。たいていの人間はああ言うとビビる。誰だって知られたくない過去はあるんじゃないか」

「つまり……ハッタリというか。カマかけたんですか」

「ま、そういうことだ」

「ひどい」

「なにがだ」

「だって……」

「だが、十四年前の事件の復讐《ふくしゅう》だってことがはっきりしたじゃないか。今回の本筋は間違いなくそこだ。もう一人の生駒って男も狙われてるはずだ。守ってやらなければならない」

「そうですね……」

夏希の声も震えた。たしかに生駒という男は三番目の犠牲者となる恐れが強い。

「なぁ、真田。堀尾の弟に嫌な思いをさせたのはたしかだ。だが、あそこで俺が嫌われ者になって、生駒っていう野郎の生命が守れるとしたら、それで帳消しだろ」

夏希の胸に織田が大事にしている警察の威信という価値が浮かび上がった。

はたして上杉の行動は警察の威信を貶《おとし》めているものなのか。ミクロな視野では異論がないはずだ。こんな尋問方法が許されるはずはない。

だが、犯人を捕らえ、生駒の生命を守れたとしたら……。マクロな視野ではどうなのだろう。夏希は答えを出すことはできなかった。

ただ、感情としては、上杉の尋問のやり方にはやはり反感を覚えた。

「行くぞ」

「どこへですか」

「生駒のところだ」

「どこにいるかわかるんですか」

「十四年前の事案ってのは少年事件だが、証拠不十分で釈放されたというのなら家裁送致もされていないはずだ。警察の記録からは追えない。まずは堀尾たちの卒業した涼山学園に連絡を取ってみる」

「わかりました」

今日も一日、上杉と行動を共にすることになりそうだ。

「まずは朝飯を食おう。昨夜もなにも食ってないから腹ぺこだ」

夏希たちは近くのファミレスに入って焼鮭定食のモーニングセットを頼んだ。

ほかほかと湯気を上げる味噌汁《みそしる》のあたたかさに、生き返るような気がする。

朝食をとりながら、上杉は涼山学園に電話を入れた。

答えは意外と簡単に見つかった。生駒の担任がまだ在籍していたのだ。

公立ならこうはいかないだろう。

「生駒は涼山学園高校から下北沢大学に進学して、その後は、港区《みなと》で貿易関連会社を経営している。生駒の父親はなんと、与党の大物国会議員で閣僚経験もある生駒親志朗《ちかしろう》だった」

「国会議員……」

夏希の脳裏でなにかがチカッと光った。

「もしかすると……十四年前の事件って言うのは……」

「ああ、生駒の親父がもみ消した恐れがある」

上杉の眉間《みけん》には深い縦じわが寄っていた。

激しい憤りが夏希を襲った。

興奮を静めようと、夏希はしばし黙って焼鮭に箸《はし》を運んだ。

「ところで、事件が起きたのは一月一日と三十一日ですよね」

「それがどうしたんだ」

大盛りのご飯をせっせと口に運びながら、上杉は答えた。

「元日も三十一日も十五夜なのです」

「そう言や、二度目の事件は真田や最上と飲んだ晩だったな。たしかにあの晩、店から出た時には月食で満月が真っ赤だったな。天文学的には二日と三十一日が満月だったんだな」

上杉は自分のスマホを取り出して見入った。月齢アプリを起ち上げているらしい。十五夜と天文学的な満月がズレることは珍しくはない。

「あの晩は、遅くまで飲んでいたのですか」

夏希はなんとなく気疲れしてさっさと帰ったのだったが。

「いや、最上がちっとも飲まないし、九時半くらいには店を出たよ」

「そうだったんですね。ところで、満月の夜を選んでいるのは、以前お話ししたように、被害者の二人に恐怖を与えるためだったと思えるのです」

「たしかに……いままでの仮説と合致するな」

「ほかにこの二日に、なにか意味はあるのでしょうか」

「元日は月曜日、三十一日は水曜日か……」

スマホを覗《のぞ》き込んでいた上杉の顔に緊張が走った。

無言で上杉はスマホをしまい込んだ。

「いったん根岸分室に戻るぞ。調べたいことが山ほどある」

いつになったら、家に帰れるのだろう。

夏希の家でも根岸分室でも、待ち伏せされている恐れがあると上杉は言っていた。となれば、夏希はいったいどこで過ごせばよいというのだろう。

「あの……わたしいつ家に帰れるんでしょう」

着替えをしていないことがいちばんつらかった。

「きっと今夜は帰れるだろう」

理由を訊《き》こうとして上杉の顔を見た夏希は口をつぐんだ。

上杉の顔がいつになく強《こわ》ばっている。

両の眉《まゆ》が小刻みに震え、引き締められた唇にも緊張感が漂っていた。

「上杉さん、どうかしましたか」

「いや……別に……なんでもない」

硬い声で答えた上杉は、急に明るい顔に戻った。

「まぁ、いつまでも真田を引っ張り回しているわけにもいかないからな」

「あの……」

夏希は、思いきって訊いてみた。

「なんだ？」

「一度、家に帰りたいんですけれど、敵が狙ってくるかもしれないんですよね」

シャワーを浴びて着替えたかった。

しばし黙っていた上杉は、やがてゆっくりと口を開いた。

「今日はあの狙撃者は俺たちを狙っては来ないと思う」

夏希は驚いて訊いた。

「どうしてそんなことが言えるんですか」

「いずれ話す……」

上杉の表情は重ねての問いを拒むような厳しいものだった。

「本当に大丈夫なんですね」

念を押すと、上杉は思いのほか強い調子で請け合った。

「ああ。まず安心していい」

「嬉《うれ》しいです！」

夏希の声はしぜん弾んだ。

「送っていこう」

上杉の好意を素直に受けることにした。

「ところでわたしが根岸分室に顔を出した初日の午後のことなんですけど、なんで急に帰れって言い出したんですか」

「ああ、あの日の午後は厚生労働省に行って、堀尾の同僚連中に聞き込みを掛けたんだよ」

「そうおっしゃって下さればよかったのに。わたし自分が要らないって言われたと思って傷つきました」

「へぇ……」

そんな答えしか上杉は返さなかった。

「だけど、初日から三浦半島を引っ張り回して、午後から霞が関じゃ真田も疲れるだろうしな」

上杉は意味ありげに笑った。

「わかった。堀尾さんの同僚も締め上げたんですね」

きっと、さっきみたいな恫喝《どうかつ》じみた尋問を行ったのだろう。

「馬鹿言うな。俺はいつだって懇切ていねいで紳士的な事情聴取しかしないぞ」

「どの口が言ってるんですか」

夏希の突っ込みに、上杉は頭を掻《か》いた。

「まぁ、いきなり俺の流儀を見せるのも、真田が根岸に来なくなっちゃうと思ったんでな」

まさかそんな配慮だとは思いもしなかった。

「わたし、それほどウブでもありません。人間の行動は人によってさまざまであって、時により振幅もあることはよく知っています」

「一緒に仕事をして、真田がそんな女だってことがわかったよ。さすがは精神科医だな」

「いまは医師ではなく警察官です」

「そうだったな」

上杉は口の中で笑った。

ファミレスを出て駐車場のクルマに戻ったところで、上杉のスマホが鳴った。

「なんだ、小早川か」

ちょっと気抜けしたような声で上杉は答えた。

上杉はスピーカーフォンに切り替えた。夏希にも聞かせるつもりだろう。

「ま、いろいろとな。それよりどうなんだ。あれからハヤタからのメッセージはあったか」

「ありません」

「真田の宿題はできたのかよ」

「は……」

小早川は一瞬、黙った。

「エクスカリバーとブラウンマスタードのアカウントの件だよ」

上杉は苛立《いらだ》った声で訊いた。

「あ、わかりました。エクスカリバーもブラウンマスタードも、メアドを発行している プロバイダへの申込みの際に使った健康保険証のコピーは偽造されたものでした。つまり、堀尾さんや古田さんが申し込んだわけではなさそうなんです」

得意げな小早川の声が響いた。

「あ、じゃ、やっぱり一人三役の自作自演の可能性が高いんだ」

夏希は仮説が的中したことに弾んだ声を出した。

「ご苦労、小早川はそのままハヤタのお守りをしててくれ」

「ええっ、またですか」

上杉は電話を切ると、クルマを発進させた。

三十分くらいで舞岡の家に戻ってくることができた。

「迎えにゆく前に電話する」

それだけ言い残して、上杉の覆面パトは、段々畑にも似た畑のなかの狭い道を降りていった。

夏希は自分の部屋へ続く階段を駆け上がった。

「やっぱり家はいいなぁ」

リビングに入った夏希はひとり叫んでいた。

たったひと晩だけ留守にしたのに、自分の部屋がひどくなつかしくなった。

いつものストレス解消メソッドに取りかかる心のゆとりはなかった。上杉がいつ迎えに来るかわからない。

それでもバスタブに湯を張って、初めて試すエプソムソルトを入れてみる。硫酸マグネシウムの粉末で、多くの入浴剤の成分であり、豆腐の凝固剤であるにがりにも含まれている。ソルトという名前だが、塩化ナトリウムの成分は含まれていない。

今日は純粋なエプソムソルトを湯に溶かし、イランイランのオイルを数滴垂らしてみた。

「あったまる！」

疲れていた両足がじんじんと温まる。

ちょっと物足りない気もするが、寒い日にはいいかもしれない。

風呂《ふろ》から上がって念入りにお肌の手入れをした。昨夜以来のストレスによるダメージを少しでもリペアしなければならない。

ほっと息を吐いてソファで横になる。適当なコンピアルバムを流してぼーっとしているうちに夏希はいつの間にか寝入ってしまった。

何度か目覚めたが、身体がだるく何をする気にもなれなかった。昨夜からの異様な体験にダメージを受けているのはお肌だけではないようだった。

小ぶりの冷凍ピザを温めただけで昼食は簡単にすませた。フィジー諸島のイメージビデオを流しながら読みかけの小説を開いているうちに、夏希はふたたび寝入っていた。

スマホの着信音で夏希は目が覚めた。

「三十分後に迎えにゆく。仕度して待っていてくれ」

上杉の素っ気ない声が聞こえた。

夏希はさっと化粧を済ませてワードローブに向かった。

ティールグリーンのブラウスを選び、美脚ラインが売りのベージュのパンツを穿《は》いた。

最後にライトグレーのトレンチを羽織る。

さすがに今日はこれから「フィールドワーク」はないだろう。

ローヒールのパンプスを履いて夏希は家を出た。

家の前にグレーメタリックのクロカンワゴンが止まっていた。

「おう、お疲れ」

夏希が助手席に乗ると、すぐに上杉はエンジンを始動させた。

「生駒の会社に行くんですか」

「いや、生駒の自宅前で待ち伏せする」

「見つかったんですか」

「山手《やまて》の丘にある豪邸に一人で住んでいるそうだ」

上杉は薄ら笑いを浮かべた。

「よく自宅の住所がわかりましたね」

「生駒は半年前に湾岸線で六十キロオーバーの速度違反で高速隊に逮捕され、略式裁判を受けている。そのときの捜査記録に自宅住所が載っていたんだ。グーグルアースで調べたら、たいした豪邸だ。そこでお帰りをお待ちしようと思ってな」

「違反してくれていてラッキーでしたね」

警察官が口にするべき言葉ではない思って、夏希は内心で苦笑した。知らぬうちにプラグマティックな上杉の悪影響を受けている気がする。

「奴がクルマで通勤していると、会社の人間から聞き出せた。ガレージの前で待ち伏せだ」

クルマの前方に鮮やかなブラッドオレンジの夕空がひろがっていた。

第五章　生きる意味

【1】@二〇一八年二月二日（金）夜

上杉が調べ上げた生駒親生《ちかお》の自宅は、神奈川近代文学館の裏手にあった。夏希が警察官となってすぐの頃に関わった事件現場の近くだった。右も左もわからなかったあの頃のことを夏希はなつかしく思い出した。

生駒邸は新山下《しんやました》の海を見おろす崖《がけ》沿いに建てられていた。

白い壁を持つ二階建ての瀟洒《しょうしゃ》なデザイナーズハウスで、キュービックな外観を持っている。

グラスエリアが多く、開放的な雰囲気がある。壁も窓のサッシも新しく、築年数は浅いように見える。

「立派な家ですね」

「ま、ふつうの稼業じゃ住めない家だな」

道路側に見える窓の照明はすべて消えていて、室内には誰もいないように思われた。

生駒邸に駐車場は二台分確保されており、右側にはグリーングレーのシートが掛けられた車高の低いスポーツカーらしいクルマが停まっていた。

隣の家との空間には、ライトアップされたベイブリッジが輝いている。

近所の家々はさらに大きく豪華な構えを持っているので、生駒の家が特段に立派に見えないのは土地柄と言うべきだろう。庭にたくさんのクリスマスローズが咲いている隣のレンガ造りの家には、シルバーメタリックのベントレーが停まっている。

十軒ほどの区画は、静まり返って人通りもない。

午後八時過ぎに、ヘッドライトのまぶしい灯りが夏希の目を突き刺した。

ホワイトボディの流麗なデザインを持つＳＵＶが角を曲がって姿を現した。

「あれかな……ポルシェ・カイエンか……」

上杉の声が宙に残っているうちに、生駒邸の駐車場に自動的に灯りが点《とも》った。

「よし、行くぞ」

上杉は勢いよくドアを開けて外へ飛び出した。

夏希もあわてて車外へ出た。

駐車場の左側のスペースにＳＵＶが後ろ向きに停まった。

ＳＵＶから長身で引き締まった体格のブレザー姿の男が降りてきた。

上杉は大股《おおまた》で近づいていって男に声を掛けた。

「生駒親生さんですね」

驚いたように男は振り返った。

「はい……」

とがったあごを持ち、目鼻立ちは整っていて、知的な容貌《ようぼう》であるとは言える。

だが、唇のあたりの甘さに、わがままそうな性格が現れているような気がする。

生駒はけげんな顔で夏希たちを見た。

「神奈川県警の上杉です」

「真田です」

上杉に倣って、夏希も手帳を見せた。

「警察……警察が何の用ですか」

生駒はますます不思議そうな顔で訊《き》いた。

「実はあなたの身辺警護のために伺いました」

「何ですって！」

生駒は目を見開いて絶句した。

「あなたの生命を狙っている男がいます」

「ほ、本当ですか……」

生駒は全身を震わせて答えた。

「ご存じではないでしょうか……あなたのご友人の堀尾元晴さんと古田重樹さんが相次いで殺害されました」

上杉の言葉に生駒の頬が引きつった。

「あ……はい……ネットニュースで知りました。最近はつきあいがありませんが、とても悲しく思っています」

「同じ犯人があなたを狙う恐れがあります。そこで、我々が警護のために伺いました」

上杉は堂々とした声音で言い放った。

「そうなんですか……でも……わたしが狙われる理由がわかりません」

生駒はあくまで知らぬ存ぜぬを通すつもりらしい。

「昨夕、この家のまわりを怪しい男がうろついているという通報を、近所にお住まいの方から受けていましてね……」

よくもまあこんな空々しい嘘がつけるものだ。

「ここに誰かが来たんですか……」

だが、生駒の声ははっきりと震えた。

「関連があるとは断言できませんが、警戒レベルは低くないと思います」

上杉は重ねて脅しつけた。

「と、ともかく中に入ってください……」

生駒は青い顔で、玄関の方向を指さした。

震えながらドアを開ける生駒に続いて、夏希たちもポーチへと足を踏み入れた。

電気をつけると、三十号くらいの素晴らしい筆致の油彩アブストラクトが目立つ明るい玄関ホールが浮かび上がった。

邸内に入ると、生駒はダブルロックの鍵《かぎ》をあわててふたつとも掛けた。

二階のリビングに夏希たちは通された。

漆喰《しっくい》壁の室内は、洒落《しゃれ》た北欧風のインテリアで統一されて、デザイン事務所かなにかのような雰囲気を持っていた。

「座って下さい」

生駒は蒼《あお》い顔のまま、夏希たちに部屋の窓近くに置いてあるソファを勧めた。

ホワイトレザーとステンレスを組み合わせたル・コルビュジエのソファだった。

左に座った上杉の肩越しにライトアップされた庭が見える。その向こうには新山下埠《ふ》頭《とう》の灯りが、さらに遠景にはベイブリッジが輝いている。

「独り者ですので、お茶もお出しできませんが」

「いや、お構いなく。わたしたちは仕事できていますので」

生駒は隣のキッチンから缶コーヒーを持って来て、ガラス天板のローテーブルに置いた。コードレス電話とガラスの灰皿が置いてある。

「さて、あなたが生命を狙われている事情について伺いたいのですが」

生駒が対面に座ると、上杉は唐突に切り出した。

「さぁ……ちっとも心当たりがありませんね」

生駒はとぼけた顔で答えた。

「あなたと堀尾さん、古田さんは涼山学園時代のご友人ですね」

「調べたんですか」

生駒は不愉快そのものという顔で訊いた。

「警護するためには、なぜ、警護する必要があるのかを知らなければなりませんからね」

上杉はにこやかに愛想よく答えた。まだ正体を現そうとはしない。

「なぜです？　あなた方は、ただ守ってくれればいいんじゃないんですか」

「そうはいかないんですよ。わたしは詳しいことが知りたいんでね」

上杉はわざとのように意地の悪い口調で言った。

そろそろ上杉節が始まるだろう。

「あなた方は本当に警護官なんですか」

疑わしげな目つきで生駒は上杉の顔をねめつけた。

「ええ……あなたに警護が必要だとわたしは判断したんでね」

「どういうことだ？」

生駒は舌をもつれさせた。

「わたしと真田は刑事部から来ています」

「刑事なんかに用はない」

「こっちは用があるんでね」

「どんな用があるって言うんだ」

生駒も居丈高な態度で、素のキャラクターを現し始めた。

「答えるんだ。あんたが安房小湊で十四年前に犯した罪について」

「そんなことまで……調べたのか」

生駒は絶句した。

「わかったら、さっさと話せ」

威圧的な態度で、上杉は足を組んだ。

「わかっているのか。俺の親父は衆議院議員の生駒親志朗だ」

背を反らした生駒は、大いばりでうそぶいた。

「ほう、それで……」

少しも上杉は堪《こた》えていないようだった。

「おまえなんか親父に頼んで警察庁長官に言ってクビにしてやる」

生駒は歯を剝《む》き出して毒づいた。

「クビが怖くて警官などやってられんよ」

上杉は鼻の先で笑った。

「強がりを言うな」

生駒は激しい声を上杉にぶつけた。

「いいか。俺をなめるなよ」

上杉は生駒の襟首を両手で摑《つか》んだ。

「何をするっ」

生駒は歯を剥き出して抗《あらが》った。

「あんた、なにもわかっていないようだな」

上杉は薄ら笑いを浮かべた。

ゆっくりとジャケットの内側から拳銃《けんじゅう》を取り出すと、上杉は銃身で左の掌《てのひら》をぽんぽんと軽く叩《たた》き始めた。

「な、なにをするんだ」

生駒は震え上がった。

「う、上杉さんっ」

夏希は泡を食って叫んだ。

上杉の尋問方法はどんどん過激なものとなっている。

「さぁ、教えてもらおうか。生駒さん、あんたがなぜ生命を狙われているのか。その理由《わ》由《け》を」

平気な顔で、相変わらず上杉は拳銃をもてあそんでいる。

「警察がそんな脅迫していいのか」

問いかけには答えず、上杉は生駒を問い詰めた。

「あんたと堀尾、古田の三人は小湊でいったい何をやったんだ」

「そんなことは……」

生駒は顔を背けた。

「話さないのか」

上杉は拳銃の銃口を天井に向け、ゆらゆらとかるく銃身を揺らした。

「は、話す……話すから、乱暴はしないでくれ」

「十四年前の夏、十九歳のおまえがやったことを話せっ」

上杉は怒鳴るように叫んだ。

「ひ、一人の……女の子を意に反して……その……」

生駒は顔を伏せて言葉を途切れさせた。

「つまりレイプしたということか」

生駒は力なくうなずいた。

夏希の怒りに火がついた。血圧が上がり始めたのが自分でもわかる。夏希は自分の感情を懸命に押し殺した。

「堀尾、古田と三人でやったのか」

「ああ、そうだ……」

湧き起こる怒りで夏希の全身は震えた。か弱い少女を三人の男が犯すとは何という卑劣で残酷な行為だろう。

「最初に言い出したのは堀尾なんだ。俺はただあいつらに釣られただけなんだ」

夏希はムカムカと吐き気を覚えた。

「なんて勝手なこと言ってるのよ」

口から出る言葉が抑えられなかった。

「真田、ちょっと黙ってろ」

上杉にたしなめられて夏希は口をつぐんだ。尋問の際に、警察官が感情をそのまま口にしてよいはずはない。

「おまえと古田は堀尾の家に遊びに行ってたんだな」

上杉は冷静な声で尋ねた。

「ああ、堀尾の家は海に近くて、海水浴場までも歩いてゆけた。だから俺と古田は夏になると堀尾の家に三泊くらいで泊まりに行っていた。あの年、大学二年の夏休みにあいつの家に行って、帰る前の日だ。昼の間、海で声を掛けた女の子たちにひどい態度で振られた。俺たちはくさってた。夕飯の後、ふらふらと海沿いの国道を歩いていたら、昼間、ナメた態度を取ったうちの一人が道路沿いの縁石に座って海を見ていたんだ」

生駒は言葉を切った。

「満月の晩だったから光る海を眺めていたんだろう。民宿の浴衣《ゆかた》を着てて身体の線がソソった。そしたら堀尾の奴が『あのとうきょっぽ、ヤっちまおうぜ』って言い出したんだ」

「東京の人間という意味か」

「東京周辺からやってきた者という意味だそうだ……な、言い出したのは堀尾だ」

「わかった。主犯は堀尾なんだな」

「そうだ。俺じゃない。信じてくれ」

生駒はつばを飛ばした。そんな言い訳がいまさら何の役に立つというのだろう。

「信じてやるよ。それでどうした？」

「女の子を後ろから羽交い締めにして、口には持ってたタオルで猿ぐつわ嚙《か》ませてすぐ下の砂浜で……」

「輪姦《まわ》したのか」

「いや、ヤったのは堀尾だけだ……古田の番になったら女の子は隙を見て逃げ出した。だから、俺はヤってない」

生駒は必死で弁解した。

どうしても抑えられぬほどに夏希の身体は震えていた。生駒の首を絞め上げてやりたかった。

「それから？」

「追っかけ続けたら、女の子は海に入ってしまった」

「それで？」

生駒はうめくような声で言葉を継いだ。

「夜に入って波が高くなっていた。彼女の姿は波に巻き込まれて見えなくなった」

「なんだと」

上杉の顔にも驚きの色が浮かんだ。

「急に怖くなって、俺たちは逃げ出した……そしたら……」

「どうした」

「次の朝、彼女は近くの漁港に浮かんでいるところが見つかった」

生駒はうつむいて肩を落とした。

どんなにか怖かっただろう。

どんなにか悔しかっただろう。

亡くなった少女の気持ちを思うと、とてもいたたまれない。

夏希の胸の奥で深い悲しみと、どす黒い怒りが渦巻いた。

「ゆ、許せないっ」

夏希はどうしても黙っていられなかった。

「真田、おまえ、うるさいぞって言ってるだろ」

「……すみません」

尋問を邪魔しているのは事実だった。夏希は素直に謝った。

「翌日、おまえらは警察に連行されたな」

「ああ、帰る仕度をしていたら警官が何人かやって来て警察署に連れてゆかれた」

「それなのに家裁送致にもなっていない」

「女の子を襲ったことについては証拠不十分とされた。死んだことについては事故死として処理された。俺たちはすぐに釈放された」

「おまえの親父が警察に手を回したんだろう」

「俺が頼んだわけじゃない。親父が勝手にやったんだ」

生駒は口角に泡を飛ばして弁解した。

夏希の頭のなかですべてがつながった。

今回の事件はその少女を死へ追いやった者たちへの復讐《ふくしゅう》なのだ。レイプされ、逃れようとして海で溺《おぼ》れた少女の経験した恐怖を、加害者たちに味わわせた上で天罰を下したのだ。

だから、堀尾は三浦のあんな淋《さび》しい剱崎海岸で、拳銃で脅され追い回された上に銃殺された。

古田は銃で脅されて暗い森のなかの瀬上池に飛び込まされ、溺れかけたところを拳銃で撃たれた。

二人とも満月の晩に殺された。

すべては亡くなった少女が体験した恐怖に酷似している。

しかも、この三人は法の裁きを受けることなく、それぞれ高い社会的地位を得たり、裕福に暮らしたりしている。犯人は二人に天罰を下したのだ。

——陰悪《いんあく》も又天誅《またてんちゅう》不遁事《のがれざること》

『耳嚢《みみぶくろ》』の表題は、そのまま堀尾と古田に突きつけられた恨みの言葉だったのだ。

（とすれば、やはりハヤタがからんでいるのか）

だが、はっきりしたことがある。ブログのトラブルは本当の動機を覆い隠すための偽装だったのだ。

さらに捜査本部が追いかけているグレイマンや、多国籍製薬マフィアは見当違いの方向性としか言いようがない。

夏希の思考は、上杉の声で破られた。

「お客さんが来たようだな」

拳銃《けんじゅう》を手にしたまま、上杉は窓の外へと視線を移した。

「いったい誰が……」

夏希は上杉の視線を追ったが、暗くてよく見えない。

生駒は嬉《うれ》しそうに笑い出した。

「はははは、俺が緊急通報システムで警備会社に連絡したんだ。不審者が侵入したとな」

「そんな暇がよくあったな」

「スイッチはこのソファの座面の裏側にあるんだ」

「だけどな。警察が来たのはあんたが通報したからじゃないぜ」

上杉は小馬鹿にしたようにあごを突き出した。

「なんだって?」

生駒の声が裏返った。

「この部屋に入る前に、俺が警察のお偉方にメールしといたんだ。人質を取るってな」

上杉の言葉は夏希にはあまりにも予想外のものだった。

「誰にメールしたんですか」

「大友と黒田だよ」

「なんでそんなことを……」

夏希の戸惑いにはかまわず、上杉はさらりとした調子で言葉を継いだ。

「俺の要求に応《こた》えなければ、生駒親生がどうなるかわからんぞって脅したから、奴らは泡を食って駆けつけてきたんだろう」

「う、上杉さん」

夏希は上杉の顔をまじまじと見つめた。

上杉は正気なのだろうか……。

だが、いつもと少しも変わらない冷静な顔つきを保っている。

「これからいろいろと忙しくなるな」

上杉はジャケットのポケットから手錠を取り出した。

「生駒さん、ちょっと右手を出してもらおうか」

上杉は、銃口を揺らめかしてすごんだ。

「くそっ」

生駒は歯がみした。

抵抗できない生駒の右手に手錠を掛けた上杉は、片方の輪を自分の左手に掛けた。

「よし、これでいい」

夏希は目の前で起きていることが信じられなかった。

テーブルの上で電話が鳴った。

「俺が出るぞ」

上杉は受話器に手を伸ばした。

「勝手にしろ」

生駒はふてくされたように答えた。

「県警刑事部の佐竹ですが……上杉警視ですね」

上杉はスピーカーフォンのスイッチを押したらしく、佐竹のよく通る声が響いてきた。

「ああ、上杉だ」

「上杉、あんた、いったいどういうつもりで生駒さんを人質にとってるんだ」

佐竹と上杉は知り合いであるようだ。

「俺はもう嫌になったんだ。警察庁時代から俺は、正義のために上司の不正を告発し続けてきた。だが、上の連中は自分かわいさに事実を歪曲《わいきょく》してすべてを隠蔽《いんぺい》した。その上、俺を神奈川県警におっぽり投げ、根岸分室へ閉じ込めて飼い殺しにした。いつだって俺は正しいことをしてきたんだ。それなのに俺を邪魔者扱いする警察組織に一矢報いたいんだ。そうさ、おまえらの卑劣さと無能ぶりとを世間に広めてやろうと思ってるのさ」

上杉の声は皮肉な調子を帯びていた。

「あんたの恨みつらみを、なんの関係もない生駒さんにぶつける意味がわからん」

夏希は、佐竹の声につよいいらだちを感じた。

「生駒の親父は衆議院議員で閣僚経験者だ。人質にとりゃ、警察のメンツも丸つぶれになるだろ。おまけにマスコミが騒ぐ」

「上杉、あんた自分が何を言っているのかわかっているのか」

佐竹が懸命に怒りを抑えていることが、夏希にはよくわかった。

「もちろん、百も承知さ」

「残念だが、報道機関に協力要請をしているので、いまの状況は報道されていないぞ」

「だが、いずれは報道される」

「とにかく落ち着いてくれ。いまなら引き返せるんだ。上杉」

佐竹は噛《か》んで含めるような調子で説得したが、上杉は鼻先で笑った。

「おい、佐竹、よく聞けよ。俺の要求を聞かなければ生駒を殺す」

重々しい声で上杉は宣言した。

夏希は驚いて、ふたたび上杉の顔を見た。表情は少しも変わっていない。

生駒は白目を剝《む》いて震えている。

佐竹は返す言葉がないようだ。

「聞こえないのか。要求を聞かなければ、生駒を殺すと言っているんだ」

「馬鹿なことをしてないで、早く生駒さんを解放しろ」

佐竹は強い口調で言った。

「真田です」

我慢できなくなって夏希は声を出した。

「おお、真田か。いったい何が起きているんだ。説明してくれ」

「これはなにかの間違いなんです。上杉さんは……」

説明しようとした夏希の口を上杉が右手でふさいだ。

「余計なことを言うな」

小さな声で上杉は夏希の行動を禁じた。

「だって……」

このままでは上杉は監禁犯になってしまうではないか。

「俺の要求は、徐々に伝える。まず第一に、しばらく電話を掛けてくるな」

上杉は一方的に言って電話を切った。

「佐竹の奴は特殊捜査班にいた経験もあるから駆り出されたんだろう。特殊捜査班も来ているのかもしれないが、俺と佐竹が同じ部署にいたから、奴に電話させてるんだろうな」

「上杉さん、何をなさりたいんですか」

「まぁ、見てろよ。そのうち意味がわかる」

上杉の顔は厳しいものだった。

それから三十分ほどの時間が経過した。

上杉の要求にもかかわらず、電話はずっとけたたましい音を立てて鳴り続けている。

上杉はあれ以来電話には出ない。

緊張しすぎて、夏希は首の筋が痛んできた。

上杉は立ち上がって、窓辺に立った。

「前庭にたくさんのアサルトスーツに黒ヘルメットの連中が潜んでるぞ。SAT一個小隊がお出ましだ」

嬉しそうな上杉の声が響いた。

本当に上杉は正気を失ってしまったのではないだろうか。

しかし、夏希はいくつもの臨床経験を持っている。上杉の表情のどこにも精神疾患の兆候など見られないことは明らかだ。

ついに上杉は電話に答えた。

「SATが来てるな」

「ああ、上からの指示だ。人質を解放しないと、突入することになるぞ」

「突入って、俺たちを撃つってわけか」

上杉の声は奇妙に軽く響いた。

「あんたが生駒さんを解放しなかったら、残念だがそうせざるを得ない。すでに発砲許可は出ているんだ」

「SATをよこせって大友と黒田に言っといたからな。そのほうが、ドラマが派手になっていい。俺は愚劣な警察組織と刺し違えてもいいんだ」

上杉の態度は、ここまでの上杉の行動からはまったくかけ離れたものだった。夏希には、上杉の心をまったく推し量ることができなかった。

このままでいくと、目の前で銃弾が飛び交う悲劇が起こるのだ。

巻き添えを食って怪我をしたら……夏希は背筋に冷や汗が流れ落ちるのを感じた。

「仲間を撃ち殺すつもりか」

「そんなことにならないように、わたしがこうして電話している」

佐竹の言葉を無視して、上杉は夏希に向かって叫んだ。

「真田、部屋から出ていろ」

「なぜですか」

「いいから、さっさと部屋から出ろっ」

上杉の見幕に押されて、夏希はリビングから廊下に出た。ただ、室内が見えるようにドアは開けておいた。上杉はそのことについてはなにも言わなかった。

上杉は立ち上がって窓を開けた。

生駒の首筋に銃を突きつけている。

「おい、見ろ。脅しじゃないぞ」

上杉は声をきわめて叫び声を上げた。

次の瞬間、上杉は自ら横向きにすっとんでフロアに倒れ伏した。

「うわっ」

手錠で右手をつながれている生駒も同時に倒れた。

その瞬間。

破裂音が空気を切り裂いた。

金属同士がぶつかるような音が闇の中に響いた。

夏希の全身は板のように強《こわ》ばった。

「とうとう撃ちやがった」

だが、上杉の声の調子は平板なものだった。

上杉は生駒とともに立ち上がると窓とカーテンを閉めた。

「狙撃《そげき》班の班長は誰だ」

上杉は電話に向かって尋ねた。

「最上義男巡査部長だ……だが、いまのは実弾ではない」

佐竹の答えが返ってきた。

夏希は驚くしかなかった。

根岸の居酒屋で会った最上の姿を思い起こした。

機動隊員と言っていたが、そのなかでもSATの班長だとは思いもしなかった。

SATは特殊急襲部隊の英語である"Special Assault Team"の頭文字を略したもので、ハイジャックや重大テロ事件、武器を持った立てこもり犯人などに対応するための特殊訓練を受けた部隊であった。

「やっぱり最上か……今日は当直日だからな」

「なに……」

佐竹は怪訝な声を出した。

「最上と話させてくれ」

「そんなことができるわけはないだろ」

厳しい声で佐竹は突っぱねた。

「佐竹さん、あんたはいま俺の言っていることを断れる立場かね」

しばしの沈黙があった。

「わかった。ちょっと待ってろ」

「ああ、それから……俺と最上の会話の邪魔をするなよ」

「了解した」

二分ほど待つと、別の端末に切り替わったような機械音が聞こえた。

「最上です……」

聞き覚えのある最上の声が電話機から聞こえた。だが、明らかに震えている。

「最上……いまの一発は、おまえが撃ったんだな」

「はい、自分が撃ちました」

「撃ったのはゴム弾か」

「はい……低致死性の弾を使いました」

最上の声のトーンには大きな揺らぎが見られた。

「本当にそうかな」

「自分の提案で、低致死性弾で威嚇射撃をすることが決まりました」

「ま、後で鑑識にほじくって貰《もら》えばすぐわかるが、ありゃ実弾だろう」

最上は沈黙した。

「おまえ、誰を狙撃しようとしたんだ」

上杉は皮肉っぽい調子で訊《き》いた。

「ど、どういうことですか」

うろたえた最上の声が返ってきた。

「いま、おまえは、俺を狙って撃ったんじゃないだろ。おまえの照準は生駒に合ってたはずだ」

「おっしゃっている意味がわかりません」

最上の声ははっきりと上ずっていた。

「いざ突入となれば、後方支援の振りをして生駒を撃ち殺すつもりだったんだろう」

「ば、馬鹿なこと言わないで下さい」

最上の声はますます高くなって裏返った。

夏希の後頭部はガンガン痛み始めた。

血圧の急上昇で脳内の血管が切れるような錯覚すら覚えた。

「剱崎海岸で堀尾元晴を殺し、瀬上池で古田重樹を殺したように、突入のどさくさに紛れて、ここで生駒親生を殺せるからな」

「な、なにを……」

最上は言葉を失った。

「亡くなった少女は、おまえの恋人だったのか」

「上杉さん、いったい何を言ってるのですか」

最上は必死で抗《あらが》った。

「堀尾と古田の頭に二発ぶち込んだ正確な射撃術は、徹底した訓練を受けた熟練の狙撃手しかできない技だ。おまえがSATの班長となったのも射撃の腕がピカイチだからだ。ところで、平塚北署で押収品のグロックG29が紛失した頃ってのは、おまえ機動隊から平塚北署の警備課に異動していた時期だよな。たった一年だったと思うが……。あの拳《けん》銃《じゅう》は遺体に残存してた十ミリオート弾が使える。それより何より、堀尾が殺された元日も、古田が殺された三十一日もおまえの非番の日だ」

最上のうめき声が響いた。

そうだったのか。だから、ファミレスでスマホのカレンダーを見た上杉の態度がおかしかったのだ。あのときすでに、上杉は最上の犯行だと確信していたのだ。

「何よりも横浜青葉ジャンクションの工事現場で、橋梁《きょうりょう》から俺たちのクルマの後輪を狙い撃ちした射撃技術を持つ者は、そうざらにはいない。あれはおまえが競技で使っているライフル銃を使ったな。すべての条件はおまえが犯人であることを示していた」

「そんな……」

「最上、今回の犯人がおまえだって気づいて、俺がどれだけ苦しかったかわかるか」

「う、上杉さん……」

「なぁ、最上。おまえ、なんで俺たちを殺そうとしたんだ」

のんきにも聞こえるような口調で上杉は訊いた。

痛いほどの沈黙が続いた。

「殺すつもりではありませんでした」

やがて最上は低い声で力なく答えた。

とうとう最上は、あの追跡者が自分であることを認めた。

夏希はひどいめまいを覚えた。やはり犯人は最上だったのだ。

「馬鹿野郎、百キロで走ってるクルマのタイヤを撃ったら、死んでも当たり前だろう」

上杉は声を張り上げた。

「警告のつもりでした。テールライトを狙ったんですが、予想以上に風の影響が強くてタイヤに当たってしまいました」

「その後もバンで追っかけてきて撃ち続けたじゃないか」

「あれも威嚇です。まさか自分の仕業だとは思わないでしょうから、ああいう威嚇を続けていれば、上杉さんの注意が逸《そ》れると思ったからなんです」

「俺の注意を逸らして、その間に生駒を殺すつもりだったんだな」

「上杉さんと真田さんの捜査が進展して、いつ王手が掛かるかと恐れていました。自分は捕まるのは少しも怖くありません。だけど、生駒を殺すまでは逮捕されてはならないと考えていました」

「立てこもりが俺の罠《わな》だと、おまえならわかっていたはずだ」

「ええ。わかっていました。でも、自分は生駒さえ殺せればよかったのです。今夜は最後のチャンスだと思いました」

「なんで、そこまで三人が憎いんだ」

しばしの沈黙の後、最上はゆっくりと言葉を口から出した。

「彩帆《さほ》は……一つ違いの幼なじみでした。小学生の頃から自分と彩帆は仲よしだったのです。やがて中学、高校と進むうちに自分たちはお互いに好意を抱くようになりました。自分は彩帆と結婚したいと考えて告白したのです。それで自分が高校三年の春には、お互いに将来を誓い合いました。ところが……」

「その夏に彩帆さんは死んだ」

「違う、上杉さん、彩帆は無残に殺されたのです。堀尾、古田、生駒の三人にっ」

最上は激しい声で抗った。

「彩帆さんは、追いかけられて海で溺《おぼ》れたのだそうだな……かわいそうにな……」

上杉の声は曇っていた。

「あいつらが殺したんです。あの鬼畜どもは自らの罪を悔いるどころか、平気の平左で社会生活を送っています。上杉さん、そんな堀尾や、古田や、そこにいる生駒を許せると思いますか」

最上は叫び声を上げた。

生駒がびくっと身体を震わせた。

「自分はずっと長いこと、彩帆を殺した犯人を探してきました。学生時代に千葉県警にも聞きに行ったし、安房小湊の街の人々にも知っていることを訊いて廻《まわ》りました。しかし、なにひとつわからなかった。自分が警察官になったのも、警察内部にいれば、いろいろな情報を入手しやすいと考えたからです。射撃の腕を磨いたのも、もちろん彩帆の仇《かたき》を討《う》ちたいがためです。

復讐《ふくしゅう》だけがここまで自分が生きてきた意味だったのです。だけど、いくら懸命に探しても三人が誰であるかはわかりませんでした」

「いつ犯人の正体がわかったんだ」

「二年前です」

「どうしてわかったんだ」

「それは言えません」

短い沈黙の後に、上杉は眉根《まゆね》にしわを寄せた苦渋の顔つきで口を開いた。

「頼む、最上。自首してくれ」

嘆くような声だった。

「上杉さん、なんで自分に最後まで仇討ちさせてくれなかったんですか」

低い声で最上は怨《うら》みの言葉を口にした。

「仇討ち……そんなことをして亡くなった彩帆さんが喜ぶとでも思っているのか」

「うるさい。あなたに俺の気持ちなんてわかってたまるかっ」

半分泣いているような声で最上は叫んだ。

次の瞬間、受話器から衝撃音が響いた。

受話器が地面にぶつかった音のように聞こえた。

「班長っ、しっかりして下さいっ」

「救急車だ。救急車を呼べっ」

スピーカーから緊迫した声が次々に響いてきた。

「おい、何が起《お》こったんだっ」

上杉は声を嗄《か》らして叫んだ。

しばらくして端末の切替音が響いて、スピーカーから声が聞こえた。

「佐竹だ……」

「どうした。佐竹、そっちで何が起きたんだ」

「最上が所持していた携行品の小型ナイフで自分を刺したんだ」

佐竹は乾いた声を出した。

部屋の空気が凍りついた気がした。

夏希は目の前が真っ暗になるのを感じた。

「わたし……悲しいです」

夏希の瞳《ひとみ》に涙があふれ出て視界がかすんだ。

「俺のほうが百倍悲しいよ」

上杉は瞑目《めいもく》して言葉を継いだ。

「俺と最上はもう三年のつきあいだったんだぞ……」

唇が震えている。

泣き声にも聞こえる上杉の声だった。

目を開いた上杉は、拳銃をホルスターに収めながら、やわらかい声で生駒に声を掛けた。

「生駒さん、わたしを訴えますか」

「あたりまえだ。訴えてやる」

生駒はつばを飛ばした。

「ほう……あなたの十四年前の犯罪は、いまさら表に出ないほうがいいんじゃないんですかね」

「くっ……そんな……」

生駒の顔から血の気が引いた。

「俺を訴えたら、すべてを明るみに出すことになりますよ。マスコミの飛びつく格好のネタだ」

上杉は生駒の肩に手を掛けて妙に親しげな声を出した。

「生駒さんは、わたしたちの捜査に協力するために、拉致《らち》された芝居をして下さったんですよね」

上杉は自分と生駒の手錠を外しながらやわらかい声を出した。

「わ、わかった……」

生駒は悄然《しょうぜん》とした顔で答えた。

夏希たちが玄関を出ると、佐竹管理官と小早川管理官が歩み寄ってきた。

「よう。佐竹さん」

右手を挙げて上杉は気楽な声を出した。

「いったいどういうことなんだ。説明してくれ」

「最上に口を割らせるために仕組んだ芝居だ。ねぇ、生駒さん」

「は、はい」

生駒はうつむいて答えた。

「さっきの電話のやりとりを聞いていただろう。最上はこのどさくさに紛れて生駒さんを殺そうとしていた。ゴム弾で俺を撃つような振りをして、実弾で生駒さんを撃とうとしていたんだ。後で鑑識にベランダ付近を徹底的に調べさせろ。実弾の弾頭が出てくるはずだ」

「そうだったのか……」

佐竹は目を瞬《しばた》いた。

「生駒さん、捜査協力に感謝致します」

上杉は生駒に向かって丁重に頭を下げた。

「あ……いや……」

力なく生駒はうなずいた。

「破損した部分については県警刑事部のほうで、きちんと補償致します」

「ああ……頼みます」

「では、ゆっくりお休み下さい」

「ご苦労さま……」

生駒はすっかり毒気を抜かれたような顔で踵《きびす》を返し、自宅の玄関へと戻っていった。

「あの……こんなことして……」

夏希は上杉の耳元で囁《ささや》いた。

「まずいな。違法行為が十五くらいあるだろうな……だが、真犯人はわかった……」

上杉の最後の言葉は苦しげだった。

佐竹管理官が上杉に歩み寄ってきた。

「勘弁してくれよ。あんたに振り回されて、本当に寿命が縮んだぞ」

佐竹は身を震わせる振りをして見せた。

「最上はどうなった」

「いま救急車が到着したが……心肺停止のようだ……自分で頸動脈《けいどうみゃく》を引き切っているから、助かるとは思えん」

佐竹は力なく首を振った。

「そうか……」

上杉は暗い声で答えた。

夏希の心も激しく痛んだ。

不幸な男のあまりにも不幸な生き様だった。

「これから本部に来てもらう。事情聴取だ」

佐竹はきつい声で上杉に迫った。

「いいか、佐竹。俺は連続殺人犯を見つけ出したんだぞ」

上杉は強気で言い返した。

「これだけの騒ぎを起こして、後始末はしなくちゃならんだろう。クビどころか、あんた訴追されるぞ」

佐竹はあきれ声で言った。

「しかしなぁ、上官の命令には逆らえん」

「なんだって」

「すぐに大友参事官に報告に来いと言われている」

大友の名前を出されて佐竹はひるんだ。

「仕方ないな……警察庁《サッチョウ》から帰ってきたら本部で聴取だ」

「もちろんだ。あんたも書類作りができないと困るだろうからな」

上杉は喉《のど》の奥で笑った。

四駆の覆面パトに戻ろうとする上杉の肩を佐竹はつかんだ。

「おっと。おまえは被疑者なんだぞ。うちのパトカーで警察庁まで送るよ」

「佐竹ってのは、ずいぶんと用心深い男だな。俺は逃げたりしないぜ」

「こっちにも事情ってもんがあるんだ」

「わかったよ。あ、それから真田も連れて行く。俺のクルマは本部まで運んでくれ」

上杉は覆面パトカーの鍵《かぎ》を佐竹に渡しながら言った。

「勝手にどうぞ」

佐竹は肩をすくめた。

一人の制服警官が近づいて来た。

「上杉警視、真田警部補、警察庁までお送り致します」

夏希たちは制服警官に先導されて、表通りに停まっていたパトカーの後部座席に座った。

夏希たちを連れてきた警察官も助手席に座った。夏希たちが乗ると、パトカーはすぐに走り始めた。

「ところで……真田はもう気づいているのだろう」

上杉の言葉に、夏希は確信を持って答えた。

「ええ。この事件はやはり単独犯ではありませんでしたね」

「これからハヤタのことを大友に報告に行く。まずは織田に連絡する」

「はい……」

夏希は身が引き締まるのを覚えた。

上杉はスマホを取り出して織田に今夜のことを手短に説明し、これからそちらに向かうと告げた。

電話を切った後も上杉は、スマホを手にしたまま何やら盛んに操作している。

(本当にタフな人だな)

夏希は半ばあきれながら上杉の横顔を眺めていた。

スマホをポケットにしまった上杉の両目が潤んでいた。

（やっぱりつらいよね……上杉さん）

夏希だってつらかったが、上杉の悲しみは比較にならないほど深いものに違いない。

疲れがどっと出た夏希は、霞が関までの間で少しでも休もうと姿勢を楽にした。

上杉はいつの間にか居眠りしていた。

パトカーは谷戸坂《やとざか》を下り、新山下入口から湾岸線に入った。眼下に横浜の夜景が天空に輝く光の島のように遠ざかっていった。

【2】＠二〇一八年二月二日（金）夜

警察庁に到着すると、いつかのように織田が入口で待っていた。

今夜は地味なチャコールグレーのスリーピースに身を固めている。

「上杉さん、真田さん、本当にお疲れさまでした。一時はどうなることかと我々も緊張し続けていたんですよ」

織田は頭を下げて夏希たちをねぎらった。

「ああ……大友のところへ連れていけ」

「大友参事官はお待ちになっています」

長官官房のあるフロアで夏希たちはエレベーターを降りた。

部屋に入って行くと、大友参事官が机の向こうで立ち上がった。

「いや、上杉くん。君はまたわたしの期待に応《こた》えてくれたね」

大友参事官はこぼれるような笑顔で上杉に賛辞を送ると、手振りでソファに座るように促した。

夏希たちはソファの三人掛けのほうに座り、対面に大友参事官が座った。

「いや、お褒めにあずかり光栄です」

上杉は恭敬な態度を装っている。

「まさか、神奈川県警の巡査部長が犯人だったとはな」

大友参事官はいかにも驚いたような素振りを見せた。

「まさか、警察庁の警視長が黒幕だったとはな」

上杉はふざけた調子で大友参事官の口まねをした。

大友参事官は一瞬黙った。

夏希は予想していた上杉の言葉だが、織田は身をのけぞらせた。

「はははは、君はつまらんジョークを言う男だな」

高笑いが響いた。

「すべての青写真を描いたのは大友さん、あんただったんですね」

大友参事官の顔から笑顔が消えた。

織田が息を呑《の》む音がはっきりと聞こえた。

「馬鹿なことをいつまで言ってるんだ」

「おかしいと思ってたんですよ。古田の勤務先と堀尾の弟を訪ねた後にすぐに襲われましたからね」

「何を言ってる。それは最上が君たちの跡をつけていたからだろう」

大友参事官は上杉を睨《にら》みつけて息巻いた。

「そりゃ無理ですよ。横浜青葉ICで俺たちが襲われたのは午後七時過ぎです。最上は日勤日でしたから、俺たちの跡をつけまわすなんてできません。勤務終了後にあんたから指示を受けて横浜青葉ICに向かったんでしょう」

「妙な言いがかりはやめろ」

大友参事官の声が尖《とが》った。

「俺たちの行動を知っているのは、報告していた黒田部長とその情報を共有していた織田、小早川、そして、大友さん、あんただ。この四人なら、先回りして俺たちを襲えるわけですよ」

このことには生駒の家にいる間に夏希も気づいていた。そしてハヤタの正体も……。

「なにをわけのわからんことを」

「大友参事官……あなたの妹さんは十四年前に千葉県鴨川市で溺死《できし》なさっていますね。事故死の記録が残っていました。お名前は大友彩帆さんでした」

上杉が言葉を切ると、長い沈黙が続いた。

織田を見ると、紙のように白い顔色になっている。

やがて大友参事官は、低く暗い声で語り始めた。

「そうだ。彩帆はわたしの妹だ。わたしが誰よりも愛していた、たった一人の妹だ。年が離れていたから、赤ん坊の頃から半分は親代わりだった」

大友参事官の声はうめきにも似てきた。

「二〇〇四年の七月三十一日だった。わたしは当時、熊本県警に出向していて課長職にあった。地元の千葉県警から連絡を受けたが、折悪しく夏休みで飛行機は翌日の午後便しか取れなかった。胸が張り裂けそうな思いでわたしは成田《なりた》空港からレンタカー《か》を飛ばして暗い夜道を小湊へと急いだ。彩帆は小湊署の遺体安置室に寝かされていた。あの可憐《れん》で夢ばかり見ているような子だった彩帆の美しい顔は、すでに青黒く変色していた。おまけに額には裂傷までできていた。四肢や胸には無数の擦り傷があって本当に痛々しかった。どうみてもただの溺死とは思えなかった。わたしは担当した捜査員たちに必死で尋ねたが、事故死と言うばかりで埒《らち》があかなかった。キャリアであるわたしの問いに対する捜査員や課長の回答はあまりにも素っ気なく不自然だった。わたしは何者かが手を廻《まわ》してこの事案を隠蔽《いんぺい》しようとしていると感じた。後にわかったことだが、敵は、警視に昇進して二年ほどのわたしには手も足も出ない相手だったのだ」

大友参事官は深く息を吐いて言葉を継いだ。

「彩帆の葬儀を済ませると、わたしは小湊周辺を必死で聞き回った。しかし、ほとんどの者は何も喋《しゃべ》ろうとはしなかった。だが、やがて一人の老女が真実を語ってくれた。彩帆が三人の若い男に襲われ、逃げようとして溺《おぼ》れ死んだことを。だが、老女も三人がどこの誰なのかは知らないと言うばかりだった。わたしは地元警察を問い詰めたが、老女の妄想だと軽くあしらわれてしまった。それからずっと、わたしは彩帆の仇《かたき》を探し続けた。二年前……そう二年前だ。十二年も探し続けた仇の一人が堀尾元晴であることを知った」

「どうしてそれが、わかったのですか」

夏希はこのことが不思議だった。

「堀尾の馬鹿は、二年前に職場の飲み会で泥酔して、『知り合いの国会議員の力でどんなことだってもみ消すことができる』と威張ったことがあるんだ。わたしの同期はもちろん厚生労働省にもいる。その男から堀尾の失言を聞いたんだ。わたしはピンとくるものがあって、堀尾にフォーカスを当てて調べていった。すると堀尾は安房小湊の出身であることがわかった。さらに高校時代の友人に国会議員の生駒親志朗の息子がいた。もう一人、古田という医者がいることもわかった。しかも生駒と古田は、あの当時、安房小湊によく遊びに行っていた。そこまで調べれば、三人組が堀尾たちであることは間違いなかった」

なるほど、大友参事官の言う通り、堀尾という男は馬鹿に違いあるまい。

「しかし、私刑は許されない。あなたは堀尾を殺してはいけなかった……」

上杉はつぶやくように言った。

「あいつらは何の罪もない彩帆の光り輝いていた人生を、自分たちの汚らわしい欲望のために奪い去った。そんなことが許されると思うのか」

大友参事官は髪を振り乱して叫んだ。

「しかも奴らは、生駒の父親の力を利用して、すべてを闇に葬り去ったんだ。陰悪《いんあく》も又《また》天誅《てんちゅう》不遁事《のがれざること》。わたしはこの言葉を実践したに過ぎない」

「なぜ、自分で仇を討たずに最上を巻き込んだんだ」

「わたしに奴らを射殺するようなことはできない。そんな技量を持っているわけがないだろう」

「あんたは最上を利用したんだ」

強い口調で上杉は大友参事官を難じた。

「利用した？　やめてくれ。最上は彩帆の幼なじみで恋人だった。高校生だった最上は彩帆の葬式にも来てくれた。あの子の無残な死に顔も見ていた。わたしはずっと後になってそのことを知った。五年前に平塚北署にいた最上に会ったのだ。わたしが彩帆の兄であることを知っていた彼は話しかけてきたんだ。わたしと最上は、彩帆が味わった苦しみをほんの何百分の一でもいいから犯人の三人に味わわせようと話し合った」

「だから、最上に押収拳銃《けんじゅう》を盗ませたのか」

「そうだ……あの頃はまだネットのブラックマーケットなどは発達していなかったから、わたしたちには拳銃をあんな手段で入手する必要があった」

「拳銃紛失の一件をあんたがもみ消した本当の理由は、保身などではなかったんだな」

「ああ、まったく違うものだった。だが、協力者を得て武器を入手しても、まだ、犯人が誰だかはわからなかった。堀尾の失言から芋づる式に生駒と古田の名が浮かんできて、わたしと最上は乾杯したのさ」

大友参事官の声には悪びれたところは少しも見られなかった。

「どうして上杉さんとわたしを組ませたんですか」

夏希は訊《き》きたかったことを口にした。

「真田くんを根岸分室に送り込めば、上杉くんの足手まといになると思ったからだ」

自分が無能だと言われた気がして、腹立ち紛れに夏希は問うた。

「織田さんが決めたことじゃないですか」

「神奈川県警の有能な捜査官を推薦しろと言えば、織田くんは必ず真田くんを指名してくると思っていた」

「たしかに……」

織田はうなずいた。

「上杉くんが堀尾の事案を単独捜査したいと言ってきた時には焦ったよ。君は有能な捜査官だ。いつかは真相に気づくと思っていた」

「評価してもらってありがたいですな」

皮肉な口調で上杉は答えた。

「三人に天罰を下すまでは、誰にも邪魔されたくなかったんだ」

「つまり俺が邪魔だったってわけですか」

大友参事官はあごを引いた。

「真田くんはネットで被疑者と対峙《たいじ》するのが得意だ。きっとハヤタに引っ張られて、捜査を別の方向に持って行ってくれるだろうと考えていた。ふたつのブログは時間を掛けて作り、多くのフォロワーも獲得できた。だが、予定していたハヤタからかもめ★百合への呼びかけは、わたしが忙しすぎてほとんどできなかったんだ」

「そこに強い違和感を覚えていました」

夏希の言葉に大友は肩をすくめた。

「やはりな……」

「あんたは優等生だったかもしれんが、人を見る目は甘かったようだな。真田は織田が認めてるくらい優秀な女だ。今回も彼女がいなかったら、こんなに早く結論には辿《たど》り着けなかった。真田のアドバイスは、事件の謎を解く上ではとても役に立った。捜査本部をどうやってミスリードしたのか知らんが、真田は最初から強い怨恨《えんこん》の線を考えていた。あんたのつまらんハヤタの偽装工作も真田はすぐに見抜いたんだぞ。おそらくあんたがハヤタの名を騙《かた》ってどんなに念入りな偽装工作を行っても真田を騙《だま》し続けることはできなかっただろう」

夏希は照れてちょっと顔が熱くなった。上杉がこんなことを言うとは思っていなかった。

いつの間にか上杉は大友参事官に対してぞんざいな口のきき方をしていた。

「誤算だった。上杉くんと真田くんのコンビネーションがこれほどの力を発揮するとは、まったく思っていなかった」

「俺は気に入らない」

いきなり上杉が強い口調で言った。

「何が気に入らないんだ？」

「あんたはその椅子に座ったままで、二人を殺した」

「まぁ、現場に最上とわたしの二人で行くと目立ちすぎるからな」

「いや、そうじゃないでしょう。あんたは目の前で堀尾や古田が殺されるのを見ている勇気がなかったんだ。いくら仇討《かたきう》ちだからと言って人一人殺すにはエネルギーがいるし、危険も伴う。あんたは最上に殺させて自分は安全で楽な場所にいたんだ」

「まぁ、役割分担だ」

涼しい顔で大友参事官は言った。

「ちなみに警察庁《サッチョウ》の首席監察官には、あんたのことをすべて連絡してありますよ」

「いつの間に……」

夏希は驚いて訊いた。

「さっきパトカーのなかでな」

スマホをいじっていたのは、それだったのだ。

「生駒に天誅を加えられなかったのは、なんと言っても心残りだ。だが、堀尾と古田を罰したから半分は満足している。いまさらジタバタしない」

「まぁ、いまさらジタバタしても逃げられませんよ」

「逃げたりはしない。逃げるわけはないだろう。聡明《そうめい》な君がそんなこともわからんのか」

大友参事官はからかうような口調で言った。

「わかりませんね。犯罪者は逃亡したがるものだって言う感覚がありますからね」

上杉はまじめな声で答えた。

「いいか、わたしが裁判に掛けられた時のことを想像してみろ。法廷では何もかもを洗いざらい喋《しゃべ》るつもりだ」

「マスコミか……」

上杉はうなり声を上げた。

「そうだとも、なにせ、前代未聞の警察庁参事官の連続殺人だ。ワイドショーの格好の餌食《えじき》じゃないか」

「裁判が始まる前から大騒ぎでしょうな」

「そうとも、堀尾たち三人の悪事を、すべて白日の下に曝《さら》すことができるのだからな。生駒の人生もこれでおしまいだ。生駒の親父の政治生命もな。今度は絶対に闇に葬ったりできない。ははははは」

狂気じみた笑い声が参事官室に響いた。

大友参事官はソファから立ち上がった。

「この話はどこで誰に喋ってもいい。マスコミにもどんどんリークしてくれ。大友と最上という二人の男が、彩帆をどんな風に愛し、禍々《まがまが》しい三人の殺人者たちをどんな風に憎んで、どんな風に復讐《ふくしゅう》を遂げたか。さぁ、行け。わたしたちの話を世間にひろめるんだ」

大友参事官は手振りで退室を促した。

廊下から見えた大友参事官の顔は、異様な輝きを持っていた。

それは狂気の輝きにしか見えなかった。

夏希は痛ましい気持ちでドアを閉めた。

いままで夏希が接してきた事件でも、その動機は被害者に対する復讐や加罰がほとんどだった。捜査本部で何度も説明してきたが、復讐や加罰に人間の脳は快感を覚える。正義の実行に酔う人間は少なくない。ことに男性においては女性以上にその傾向は顕著と指摘されている。その快感はときに、倫理や道徳を色褪《いろあ》せたものとしてしまう。

エリート警察官僚である大友参事官も、そんな脳の働きから逃れることはできなかったのだ。

「人生のすべてを掛けた復讐劇だったというわけですね」

詠嘆したような声で夏希は上杉に言った。

「ああ、もしかすると、大友がここまで社会的地位を上り詰めてきた背景には、さっき言ってたような計算が入っていたのかもしれないな。だけどな、犯行が途中で失敗しても、復讐はできるってことには気づかなかったよ」

「本当に彩帆さんを愛していたんですね。恐ろしいほどに……」

夏希はかるくため息をついた。

「愛情の本質は妄執なのかもしれん」

「妄執……それって悲しすぎる言葉ですよ」

「そうか。いいじゃねぇか。金や地位や名誉に妄執するよりは」

自分の口から出した言葉を、少しも信じていないような上杉の顔だった。

「でも、こんな方法で恨みを晴らすことが許されるとしたら……」

「そうだよ。俺たちがいる意味がなくなっちまう」

「今回の事案は、わたしたちの存在意義を確認する捜査でもあったのですね」

エレベーターのなかでも、織田は顔色を失ったまま黙り続けていた。

合同庁舎を出ると、パトカーがすーっと近づいて来た。

パトカーに乗ると、織田が窓から声を掛けてきた。

「帰ってゆっくりおやすみください」

「ありがとうございます。また今度、お食事に行きましょうね」

「はい、喜んで」

織田の顔に初めて笑みが浮かんだ。

小さくなってゆく織田に、夏希はパトカーのなかから手を振った。

帰路のパトカーで夏希は気になっていたことを尋ねてみた。

「剱崎の海の色を見た時に、どっちつかずだっておっしゃってましたよね。あれどういう意味だったんですか」

「ああ、あれか……俺は真の正義の味方にもなれず、何があっても自分の身を護《まも》る保身第一の人間にもなれない……どっちつかずという意味だ」

「それは違うと思います」

夏希は言葉に力を込めた。

「そうか……」

「ええ、プラグマティストというか、マキャベリストというか、目的のためには手段を選ばない人ですけれど……でも、上杉さんは間違いなく正義の味方ですよ」

上杉は甘酸っぱいような顔を見せて急に話題を転じた。

「ところで真田……これでコンビ解消だな」

いくぶん淋《さび》しそうな上杉の声だった。

「コンビだったんですか？　わたしたち……」

「違うのか？」

「いいえ……凸凹コンビだったかもしれません」

一瞬の沈黙の後に、上杉は夏希の顔を見つめてさらっと言った。

「コンビ解消記念に、どこか旅に行かないか」

「は……」

夏希には意味のわからない言葉だった。

「二度も言わせるな。今度は俺のクルマを出すよ。伊豆あたりにでも遊びに行かないか」

上杉の目はまじめだった。

驚きの言葉だった。まったく予想もしていなかった。

と、同時に大きくあきれた。

「あの……上杉さん。ひとつだけ言っていいですか」

「言いたいことがあれば言ってくれ」

神妙な顔で上杉は答えた。

「正直に言います。わたしは最初あなたが嫌いでした。だけど、いまは嫌いじゃないし、尊敬してます。でも……」

「でも、なんだ？」

「上杉さんは人の意表を突きすぎです。一緒にいて死ぬほど疲れます。今夜のことだって最初からすべて言って下されば、わたし、あんなに血圧や脈拍が上がり続けませんでした」

夏希は今夜の恨みを思い切りぶつけた。

「だけど、最初に言ったら、真田は俺の袖《そで》を摑《つか》んで反対しただろ」

「もちろん反対しましたよ。あんな無茶なやり方」

「だから黙ってたんだ」

いまの夏希にはわかる。

もし、上杉があんな無茶な手段で呼び寄せなかったとしたら、最上は当直明けすぐにでも、生駒を殺しに行っていた恐れがある。昨夜の切羽詰まった行動からじゅうぶんに推測される話だった。

しかも生駒は最後の復讐対象だから、最上は捨て身で犯行に及んだと思われる。たとえば、生駒の通勤途上でどこかビルや橋の上などから狙撃《そげき》したかもしれない。最上はそれだけの技量を持っているスナイパーだった。あるいは衆人環視の場所で拳銃《けんじゅう》を撃ったかもしれない。

しかし、確たる証拠もないうちに、最上の逮捕状を請求することは不可能である。上杉が躍起になっても疎明資料が整うのには何日もかかったに違いない。

おまけに警察庁幹部の大友参事官が横やりを入れたはずだ。直ちに最上の身柄を拘束することは困難な話だった。

今日は最上の当直日だった。横浜市内で武器を使用した立てこもり騒ぎを起こせば、最上が出動する可能性はきわめて高かった。だから、上杉はあんな無茶な手段を使ったのだ。自分の不利益をじゅうぶんに承知の上の行動だったに違いない。

おかげで生駒の生命は守られた。そんな上杉を夏希はやはり尊敬していた。

「それから、もう一つ言っていいですか」

「どうぞ」

「上杉さんの鈍感さに、なかなかついてゆけないような気がします」

「なにが鈍感なんだよ」

上杉は口を尖《とが》らせた。

「ここパトカーのなかですよ」

「わかってるさ」

「こんなところでさっきみたいなこと言い出す人、ふつうはいません」

「それの何が悪いんだ？」

「だからそういうところが鈍感なんです」

運転席と助手席の制服警官が二人とも背中で笑っている。

「そうか……じゃ、ま、しかたないな」

上杉は拳《こぶし》を作って自分の肩をぽんぽんと叩《たた》いた。

「ふぁーっ。さすがに眠いな」

いきなり上杉は爆睡し始めた。ラブホのあの晩と同じように。

夏希はおかしくなってくすくす笑い続けた。

県警本部に着くと、佐竹管理官が地下駐車場で待っていた。

「さ、上杉。来てもらおうか」

佐竹は上杉の背中から肩に手を掛けた。

「おてやわらかに頼むよ」

「ああ、時間はたっぷりある。なにせ、あんたには送検までの四十八時間という制限はないんだからな」

「冗談よせよ」

「ははは、冗談だ。だけど、上杉、さんざんやきもきさせられたんだ。少しは復讐《ふくしゅう》させろよ」

「復讐はもうたくさんだ」

「たしかにそうだな」

佐竹管理官はしんみりと言った。

「ああ、真田。また今度、飯食いに行こう」

別れしなに上杉は気楽な調子で声を掛けた。

「いいですけど……」

「今度はホルモン焼きの美味《うま》い店に連れてくぞ」

「あ、食べてみたいです」

もつ煮だって最初は警戒していたがいまではお気に入りだ。未知の味に挑戦するのは楽しかった。

「また、電話するよ。じゃ、お疲れ」

「お疲れさまでした」

手を振って、夏希は上杉と別れた。

明日《あした》からしばらく会えないと思うと、なんだか不思議と淋しかった。

地下駐車場には鑑識バンが停まっていた。

バンの横にはアリシアのリードを持った小川が立っていた。

「アリシア！」

たまらずに夏希は駆け出していった。

「待っていてくれたのね。会いたかったよ！」

夏希はアリシアの首を思い切り抱きしめた。

くううん、くううんと鳴き声を出した後で、夏希の顔をペロリとなめた。

「アリシアを戸塚の訓練所に送ってくんだ。ついでだから乗ってくか」

例によって愛想のかけらもない調子で小川は誘った。

だが、くたくたに疲れていたので、とても助かる申し出だった。

「お願いしていいかな」

「ああ、乗れよ」

小川は親指を後ろに立ててバンを指した。

「あのさ……研修っての嘘だったんだってな」

アリシアをラゲッジスペースのケージに入れて運転席に座ると、エンジンを掛けながら小川は言った。

「誰から聞いたの？」

「小早川管理官と佐竹管理官から聞いた。根岸分室ってところで極秘捜査してたんだって？」

この捜査を極秘とする意味はすでに失われていた。

「そう。今日、解決したけどね」

「その話も聞いた。で……上杉警視ってどんな人なんだ？」

「優秀な警察官だと思うな」

「ほかには」

「ちょっと変わっているかな」

「それだけか」

「なんでそんなこと聞くの？」

「別に……また、明日からも根岸に通うのか」

「いいえ、科捜研に戻るよ」

「そりゃよかった」

「え？」

「いや……事件が解決してさ」

ちょっとあわてたように言って、小川はつけ加えた。

「それに、アリシアが淋《さび》しがってたからね」

アリシアはケージのなかで、くうんと小さく鳴いた。

「ああ……わたしも淋しかったよ」

夏希は振り返ってアリシアを見た。

真っ黒な瞳《ひとみ》が夏希を見つめている。

「しばらく、アリシアが恋人かな……」

「なんか言ったか」

「いいえ、別に……」

鈍感だったり不器用だったり……でも、夏希はまわりの仲間が、意外とよい人間ばかりであることを再確認した気持ちだった。

これからもこの世界でやってゆけそうだ。

夏希はあらためてそう思うのだった。

コスモワールドの大観覧車やパシフィコ横浜の輝く夜景が近づいて来た。

神奈川県警に入って十ヶ月、横浜は夏希にとってはすでになつかしい街となっていた。

【3】@二〇一八年二月三日（土）夜

翌日の土曜日、夏希はベッドからなかなか出られなかった。

食事などに何度か起きたが、一日のほとんどを眠って過ごした。

夕陽が入り込むリビングで、すごく損をしたような気がして夏希は落ち込んだ。

貴重な休日がひとつ消滅したのだ。

織田から電話が掛かってきたのは、午後七時過ぎだった。

「この数日間、本当に大変だったと思います」

今回の夏希の苦労を織田はねぎらってくれた。

「これはまだ内々の話なんですが……」

織田は慎重なトーンで言葉を継いだ。

「上杉さんは停職か減給処分くらいに留《とど》まって、刑事的に訴追されることはないと思います」

「よかった！」

夏希も胸をなで下ろした。

「連続殺人犯を二人も特定した功績が大きく評価されたことと、上杉さんを訴追すると裁判等で今回の一件が大きく報じられることへの配慮もあるようです」

臭い物には蓋《ふた》をする警察幹部の姿勢はここでも発揮されたようだ。上杉はそのあたりも計算に入れて行動していたのかもしれない。恐るべき図々《ずうずう》しさと言わざるを得ない。

「生駒さんは被害届などは出していませんか」

「いえ、とくに……」

上杉の恫喝《どうかつ》は功を奏したようだ。

「ひとつだけ、余計なことを訊《き》きたいんですが」

「なんでしょうか」

「カリナって誰ですか」

一瞬、織田は黙った。

「なんでその名前を知っているんですか」

織田の声はかすれていた。

いったいどういう女性なんだろう。

「上杉さんが寝言で口にしていたのです」

うっかり夏希は本当のことを言ってしまった。

「寝言ですって！」

織田の声が裏返った。たしかにこれはまずかった。

「あ、いや……根岸分室でもよく居眠りしてましたから」

夏希はあわてて嘘を言った。

「ああ、あいつはどこでも平気で寝ますからね」

「そうなんですよ」

夏希の額には汗が噴き出していた。

「上杉が好きだった女性です」

「そんな人がいたんですか……」

　少しも不思議ではないのだが、驚いたことは事実だった。

「彼女は僕や上杉と警察庁に同期入庁のキャリアでした。ですが、三十歳の時に交通事故で亡くなりました」

　織田の声が沈んだ。

「事故で……」

「酒気帯び運転の若い男が制限速度を四十キロもオーバーして、自宅近くの横断歩道をわたっていた彼女を撥《は》ねたんです。救急搬送されましたが、翌々日に息を引き取りました。横断歩道は青信号だった。完全に相手側の過失です」

「かわいそう……」

　夏希は見たこともないカリナに哀悼の気持ちを抱いた。上杉は愛する者を理不尽に奪われた最上たちの気持ちを、他人のこととは思えなかったに違いない。

「それから上杉は明るさを失ったのです」

　織田の曇った声が耳元で響いたが、いまの夏希には信じられなかった。

「いえ、じゅうぶんに明るいですよ。上杉さんって」

「本当ですか……」

　織田は驚きの声を上げた。

「はい、つまらない冗談をよく言っています」

「ちょっとびっくりですが……」

「冗談下手くそですよね。上杉さんって」

「もしそうだとすると、上杉が明るいのは真田さんの力ですよ」

「そうは思えないですけれどね」

またも織田は一瞬黙った。

「彼女はどことなく、あなたに似ているのです。容貌《ようぼう》も雰囲気も……」

「ええっ、わたしに……」

これこそ驚きの言葉だった。

「はい、彼女は優秀でありながら、おしゃれでかわいらしい女性でした。だから上杉はあなたに、特別な感情を抱いているのではないでしょうか」

たしかにパトカーのなかで上杉は夏希を旅行に誘った。だが、自分への気持ちがカリナを失ったことへの代償行動であるとすれば、素直には喜べない。

返事ができずに戸惑っていると、織田が妙な言葉を口にした。

「あいつに先に言われると嫌だから、いま言ってしまいます」

「はい？」

「彼女のことは……僕も好きだったのです」

さらなる驚きが夏希を襲った。

織田がプライベートな、しかもかなりコアなことを初めて口にしたではないか。

「と言うと、つまり……」

「上杉は恋敵でした」

照れたような織田の声だった。

「そうだったんですね……意外です」

「でも、どちらにも振り向いてくれないうちに、彼女は亡くなってしまいました」

「織田さんはどうですか」

「え……」

「わたしとカリナさんを重ね合わせていますか」

夏希は図々しいと思いつつも訊かずにはいられなかった。

「いえ……そんなことはありません」

織田はきっぱりと否定した。

気まずい沈黙が二人を包んだ。

「わたしを根岸分室に推薦して下さってありがとうございます」

「苦情を言われて当然だと覚悟していました」

織田の声はまじめだった。

「上杉さんにはやきもきさせられっぱなしでしたけど、すごく勉強になりました」

これは偽らざる夏希の気持ちだった。

「神奈川県警一の優秀な女性を推薦しろという話があれば、きっと僕はまた真田さんを推薦するでしょう」

「でも、正直言うと、今回はかなり疲れました」

「よくわかります。お疲れさまでした」

織田は静かに笑った後で言葉を継いだ。

「真田さん、遠からぬ日にお食事にお誘いしますね」

織田は具体的な日時を言わなかった。

きっと少し時間を空けたいと考えているのだろう。

「ええ、ぜひ」

「ヤマアラシのジレンマを解決しなくては……では、失礼します」

「おやすみなさい」

織田は最後はせわしない調子で電話を切った。

なぜだか心がざわついてならなかった。

夏希はＤＶＤの映画を観て、リラックスしようと考えた。

「これにしよう」

本棚から夏希が選んだのは二〇一七年のハリウッド映画『マリアンヌ』だった。

ブラッド・ピットとマリオン・コティヤールが主演のサスペンスラブストーリーである。

だが、夏希はＤＶＤをプレイヤーのスロットに入れる前に、ソファの上で寝入ってしまった。

うたた寝の夢のなかで、あたたかい誰かの掌が自分の右手を包んでいた。はっきりとわからないが、夏希はひどく幸せな気持ちを味わっていた。

寝ぼけた鳥の鳴き声で、夏希はふと目が覚めた。

ソファから身を起こすと、胸が理由《わけ》なくときめいている。

「わたし、恋がしたいのかな」

夏希はひとりつぶやいていた。

東の常緑広葉樹の森の上に、居待月《いまちづき》が姿を現して、舞岡を蒼《あお》く明るく照らしている。

静かな夜風に、森の木々がやさしいノクターンを奏で始めた。

本作品は、書き下ろしです。
本書はフィクションであり、登場する
人物・組織などすべて架空のものです。

脳科学捜査官《のうかがくそうさかん》　真田夏希《さなだなつき》

クライシス・レッド

鳴神響一《なるかみきょういち》

令和元年 7月25日　初版発行
令和7年 2月20日　8版発行

発行者●山下直久

発行●株式会社KADOKAWA
〒102-8177　東京都千代田区富士見2-13-3
電話　0570-002-301(ナビダイヤル)

角川文庫 21715

印刷所●株式会社KADOKAWA
製本所●株式会社KADOKAWA

表紙画●和田三造

●お問い合わせ
https://www.kadokawa.co.jp/（「お問い合わせ」へお進みください）
※内容によっては、お答えできない場合があります。
※サポートは日本国内のみとさせていただきます。
※Japanese text only

ISBN 978-4-04-108317-8　C0193

角川文庫発刊に際して

角川源義

第二次世界大戦の敗北は、軍事力の敗北であった以上に、私たちの若い文化力の敗退であった。私たちの文化が戦争に対して如何に無力であり、単なるあだ花に過ぎなかったかを、私たちは身を以て体験し痛感した。西洋近代文化の摂取にとって、明治以後八十年の歳月は決して短かすぎたとは言えない。にもかかわらず、近代文化の伝統を確立し、自由な批判と柔軟な良識に富む文化層として自らを形成することに私たちは失敗して来た。そしてこれは、各層への文化の普及滲透を任務とする出版人の責任でもあった。

一九四五年以来、私たちは再び振出しに戻り、第一歩から踏み出すことを余儀なくされた。これは大きな不幸ではあるが、反面、これまでの混沌・未熟・歪曲の中にあった我が国の文化に秩序と確たる基礎を齎らすためには絶好の機会でもある。角川書店は、このような祖国の文化的危機にあたり、微力をも顧みず再建の礎石たるべき抱負と決意とをもって出発したが、ここに創立以来の念願を果すべく角川文庫を発刊する。これまで刊行されたあらゆる全集叢書文庫類の長所と短所とを検討し、古今東西の不朽の典籍を、良心的編集のもとに、廉価に、そして書架にふさわしい美本として、多くのひとびとに提供しようとする。しかし私たちは徒らに百科全書的な知識のジレッタントを作ることを目的とせず、あくまで祖国の文化に秩序と再建への道を示し、この文庫を角川書店の栄ある事業として、今後永久に継続発展せしめ、学芸と教養との殿堂として大成せんことを期したい。多くの読書子の愛情ある忠言と支持とによって、この希望と抱負とを完遂せしめられんことを願う。

一九四九年五月三日

角川文庫ベストセラー

脳科学捜査官 真田夏希 鳴神響一

神奈川県警初の心理職特別捜査官・真田夏希は、医師免許を持つ心理分析官。横浜のみなとみらい地区で発生した爆発事件に、編入された夏希は、そこで意外な相棒とコンビを組むことを命じられる――。

脳科学捜査官 真田夏希 イノセント・ブルー 鳴神響一

神奈川県警初の心理職特別捜査官の真田夏希は、友人から紹介された相手と江の島でのデートに向かっていた。だが、そこは、殺人事件現場となっていた。そして、夏希も捜査に駆り出されることになるが……。

ブラックチェンバー 大沢在昌

警視庁の河合は〈ブラックチェンバー〉と名乗る組織にスカウトされた。この組織は国際犯罪を取り締まり奪ったブラックマネーを資金源にしている。その河合たちの前に、人類を崩壊に導く犯罪計画が姿を現す。

命で払え アルバイト・アイ 大沢在昌

冴木隆は適度な不良高校生。父親の涼介はずぼらで女好きの私立探偵で凄腕らしい。そんな父に頼まれて隆はアルバイト探偵として軍事機密を狙う美人局事件や戦後最大の強請屋の遺産を巡る誘拐事件に挑む！

毒を解け アルバイト・アイ 大沢在昌

「最強」の親子探偵、冴木隆と涼介親父が活躍する大人気シリーズ！ 毒を盛られた涼介親父を救うべく、東京を駆ける隆。残された時間は48時間。調毒師はどこだ？ 隆は涼介を救えるのか？

角川文庫ベストセラー

王女を守れ
アルバイト・アイ
大沢在昌

冴木涼介、隆の親子が今回受けたのは、東南アジアの島国ライールの17歳の王女の護衛。王位を巡り命を狙われる王女を守るべく二人はある作戦を立てるが、王女をさらわれてしまい…隆は王女を救えるのか？

諜報街に挑め
アルバイト・アイ
大沢在昌

冴木探偵事務所のアルバイト探偵、隆。車にはねられ気を失った隆は、気付くと見知らぬ町にいた。そこには会ったこともない母と妹まで…！　謎の殺人鬼が徘徊する不思議の町で、隆の決死の闘いが始まる！

誇りをとりもどせ
アルバイト・アイ
大沢在昌

莫大な価値を持つ「あるもの」を巡り、右翼の大物、ネオナチ、モサドの奪い合いが勃発。争いに巻き込まれた隆は拷問に屈し、仲間を危険にさらしてしまう。死の恐怖を越え、自分を取り戻すことはできるのか？

最終兵器を追え
アルバイト・アイ
大沢在昌

伝説の武器商人モーリスの最後の商品、小型核兵器が行方不明に。都心に隠されたという核爆弾を探すために駆り出された冴木探偵事務所の隆と涼介は、東京に裁きの火を下そうとするテロリストと対決する！

生贄のマチ
特殊捜査班カルテット
大沢在昌

家族を何者かに惨殺された過去を持つタケルは、クチナワと名乗る車椅子の警視正からある極秘のチームに誘われ、組織の謀略渦巻くイベントに潜入する。孤独な潜入捜査班の葛藤と成長を描く、エンタメ巨編！

角川文庫ベストセラー

解放者
特殊捜査班カルテット2
大沢在昌

特殊捜査班が訪れた薬物依存症患者更生施設が、何者かに襲撃された。一方、警視正クチナワは若者を集めたゲリライベント「解放区」と、破壊工作を繰り返す一団に目をつける。捜査のうちに見えてきた黒幕とは？

軌跡
今野　敏

目黒の商店街付近で起きた難解な殺人事件に、大島刑事と湯島刑事、そして心理調査官の島崎が挑む。（「老婆心」より）警察小説からアクション小説まで、文庫未収録作を厳選したオリジナル短編集。

熱波
今野　敏

内閣情報調査室の磯貝竜一は、米軍基地の全面撤去を前提にした都市計画が進む沖縄を訪れた。だがある日、磯貝は台湾マフィアに拉致されそうになる。政府と米軍をも巻き込む事態の行く末は？　長篇小説。

陰陽
鬼龍光一シリーズ
今野　敏

若い女性が都内各所で襲われ惨殺される事件が連続して発生。警視庁生活安全部の富野は、殺害現場で謎の男・鬼龍光一と出会う。祓師だという鬼龍に不審を抱く富野。だが、事件は常識では測れないものだった。

憑物
鬼龍光一シリーズ
今野　敏

渋谷のクラブで、15人の男女が互いに殺し合う異常な事件が起きた。さらに、同様の事件が続発するが、その現場には必ず六芒星のマークが残されていた……警視庁の富野と祓師の鬼龍が再び事件に挑む。

角川文庫ベストセラー

豹変　今野　敏

世田谷の中学校で、3年生の佐田が同級生の石村を刺す事件が起きた。だが、取り調べで佐田は何かに取り憑かれたような言動をして警察署から忽然と消えてしまった——。異色コンビが活躍する長篇警察小説。

鳥人計画　東野圭吾

日本ジャンプ界期待のホープが殺された。ほどなく犯人は彼のコーチであることが判明。一体、彼がどうして？　一見単純に見えた殺人事件の背後に隠された、驚くべき「計画」とは!?

探偵倶楽部　東野圭吾

「我々は無駄なことはしない主義なのです」——冷静かつ迅速。そして捜査は完璧。セレブ御用達の調査機関〈探偵倶楽部〉が、不可解な難事件を鮮やかに解き明かす！　東野ミステリの隠れた傑作登場!!

さいえんす？　東野圭吾

「科学技術はミステリを変えたか？」「男と女の〝パーソナルゾーン〟の違い」「数学を勉強する理由」……元エンジニアの理系作家が語る科学に関するあれこれ。人気作家のエッセイ集が文庫オリジナルで登場！

殺人の門　東野圭吾

あいつを殺したい。奴のせいで、私の人生はいつも狂わされてきた。でも、私には殺すことができない。殺人者になるために、私には一体何が欠けているのだろうか。心の闇に潜む殺人願望を描く、衝撃の問題作！

角川文庫ベストセラー

ちゃれんじ？　東野圭吾

自らを「おっさんスノーボーダー」と称して、奮闘、転倒、歓喜など、その珍道中を自虐的に綴った爆笑エッセイ集。書き下ろし短編「おっさんスノーボーダー殺人事件」も収録。

さまよう刃　東野圭吾

長峰重樹の娘、絵摩の死体が荒川の下流で発見される。犯人を告げる一本の密告電話が長峰の元に入った。それを聞いた長峰は半信半疑のまま、娘の復讐に動き出す——。遺族の復讐と少年犯罪をテーマにした問題作。

使命と魂のリミット　東野圭吾

あの日なくしたものを取り戻すため、私は命を賭ける——。心臓外科医を目指す夕紀は、誰にも言えないある目的を胸に秘めていた。それを果たすべき日に、手術室を前代未聞の危機が襲う。大傑作長編サスペンス。

夜明けの街で　東野圭吾

不倫する奴なんてバカだと思っていた。でもどうしようもない時もある——。建設会社に勤める渡部は、派遣社員の秋葉と不倫の恋に墜ちる。しかし、秋葉は誰にも明かせない事情を抱えていた……。

ナミヤ雑貨店の奇蹟　東野圭吾

あらゆる悩み相談に乗る不思議な雑貨店。そこに集う、人生最大の岐路に立った人たち。過去と現在を超えて温かな手紙交換がはじまる……張り巡らされた伏線が奇蹟のように繋がり合う、心ふるわす物語。